KB165786

밑바닥
에서

밑바닥에서

간호사가 들여다본 것들

김수련 지음

글항아리

철저하게 무너지다

강경화 한림대 간호대학 교수 · 연구공동체 건강과 대안 운영위원

지난해 봄 그토록 당당했던 한 간호사는 대한민국을 떠나 미국으로 갔다. 이 책은 우리나라 초대형 병원 간호사로 중환자실에서 7년 동안 환자들 곁을 지켰던 그녀의 이야기다. 중환자실 환자들은 입원한 이유인 건강 문제 외에도 삶의 과정에서 상처가 많은 사람들이다. 중환자실에서 마주한 상처투성이 환자, 그의 존엄성을 지키고 건강을 돌보고 싶었던 간호사는 그것을 허용하지 않은 병원 노동 환경 속에서 철저하게 무너졌다. 턱없이 부족한 간호 인력과 간호 교육 체계 문제, 위계적이고 권위주의적인 조직 문화, 인권 감수성이 낮은 관리자, 적당히 묻히는 직장 내 괴롭힘 등은 수없이 많은 간호사를 고통 속에서 무너지고 떠나게 했다.

"쉬는 날에는 (…) 빈 주머니처럼 가만히 누워서 벽지가 바래는 소리를 들었다." 병원이라는 공간 안에서 간호사는 자신이 인간으로 존재하지 않는다고 느끼고 있다는 것이다. 이 이야기 전체에 쓰인 모든 단어와 문장이 살아서 나의 가슴을 마구 헤집어놓았다. 변화를 위해 거리에서 외쳐보기도 하고, 글과 영상을 만들어 세상에 알리기도 하고, 촛불을 들어보기도 했지만 오랜 세월 변하지 않았

던 간호 현장의 모습 그대로를 그려낸 것이다. 그럼에도 불구하고 우리가 살아가는 공동체 안에서 간호사로서, 교육자로서, 한 사회의 시민으로서 성찰하고 우리 모두 건강하게 살아가기 위해 무엇을 어떻게 함께 바꿔야 하는지 뜨겁게 이야기하고 변화하기를 기대한다.

추천 서문

현실을 방치하면 되돌아오는 것들

최규진 인하대 의과대학 교수 · 인도주의실천의사협의회 인권위원장

전공의특별법과 크고 작은 파업 등으로 간호사들보다 훨씬 덜해졌지만 의사들 사이의 '태움'도 만만치 않았다. 사실 이 '태움'은 내가 병원에 들어가는 것을 포기한 이유 중 하나다. 정확히 말하면 '태움'을 당하는 것보다 그 '태움'에 무뎌질 내가 무서웠다. 나보다 강직했던 선배들이 태워지고 또 태우는 걸 보면서 내가 변하지 않고 버틸 재간이 없다고 생각했다. 김수련 간호사의 책을 읽으며 한동안 외면했던 이 '태움'에 대해 다시 마주하게 됐다.

'태움'은 왜 일어날까? 신임 간호사들이 MZ세대여서? 선임 중에 사이코패스 같은 인간이 있어서? '여자의 적은 여자'이기 때문에? 주류 매체들은 '태움'을 다루며 이런 자극적인 이야기만 늘어놓는다. 이것이 분노스러운 이유는 이런 잘못된 진단이 결국 잘못된 처방을 내놓기 때문이다. 간호협회의 상담 전화 개설이나, 병원들의 '존댓말 사용하기' 캠페인이 '태움' 방지책이랍시고 제시되는 걸 보면 놀라움을 금할 수 없다.

'태움'은 직장 내 괴롭힘의 다른 이름이다. 그렇다면 왜 유독 의료계에서 문제가 되는 걸까? 혹자는 도제식 교육이 수반될 수밖에

없는 의료계의 특성상 권위주의가 쉽게 똬리를 틀기 때문에 '태움'은 일어날 수밖에 없다고 말한다. 그러나 교육에 필요한 '권위'와 괴롭힘에 이용되는 '권위주의'는 다르다. 평생 권위에 대해 연구했던 에리히 프롬은 잘못된 권위, 즉 권위주의를 '착취를 위한 조건'이라고 했다. 병원의 착취 구조가 간호사를 죽음으로까지 몰고 가는 '태움'의 실체란 말이다.

병원은 사람이 사람을 돌보는 곳이다. 돌봄을 받는 사람은 환자이고, 돌보는 사람은 의료인이다. 시장 논리로 볼 때 병원 수익 창출의 핵심은 환자가 돈을 많이 쓰게 하고 의료인을 적게 고용하는 것이다. 그 의료인 중 가장 많은 비중을 차지하고 있는 것이 바로 간호사다. 다시 말해, 시장에 맡겨진 병원은 수익 창출을 위해 착취를 강화하고 그 착취는 권위주의를 조장하며 그 권위주의는 간호사들에게, 특히 가장 약한 고리인 신규 간호사들에게 '태움'이란 이름으로 쏟아진다.

그렇지만 이런 분석을 내놓는다고 해서 한국 사회에 대단한 공감대가 형성되는 것도 아니고 간호사들이 갑자기 각성해 들고일어나는 것도 아니다. 오히려 사회적 공감대를 넓히고 변화를 이끌어내기 위해서는 실제 간호사들이 어떤 현실에 놓여 있는지 구체적으로 들여다보고, 그들을 그렇게 방치하는 것이 우리 사회에 어떤 의미를 갖는지 자분자분 고민해보는 작업이 필요하다. 간호사들 스스로도 값싼 '힐링'을 넘어 진정 '태움'의 울타리를 걷어내기 위해서는 이러한 과정을 거쳐야 한다. 우리가 김수련 간호사의 책을 읽어야 할 이유도 바로 여기에 있다.

문을 열며

여기 목소리가 있다

이 책에 본명을 쓰는 것이 맞을지 오래 고민했다.

나를 아는 사람들이 내 이름을 발견했을 때의 낯부끄러움만이 이유는 아니었다. 더 실질적인 것이 두려웠다. 여기에 실린 글은 누군가에게 불쾌함을 불러일으킬 것이다. 나는 숭고하고 희생하는 나이팅게일에 대해 쓰지 않았다. 그들을 짓이기는 시스템에 대해 썼고, 강요당한 슬픔에 대해 썼다. 그리고 이 글들을 읽고 불쾌할 시스템과 나는 밀접하게 연관되어 있다. 내가 나를 명시함으로써 실재하게 될 위협이 있든, 그것이 기우에 그치든, 평화롭고 안전할 수 없을지 모른다는 가정이 나를 망설이게 했다.

2020년, 코로나와 지저분한 인연을 맺게 된 이후로 나는 줄기차게 인터뷰에 불려다녔다. 내가 특별해서는 아니다. 내가 한 일도, 나 자신도 특별하지 않았다. 다만 내가 처한 팬데믹이 특별했다. 그저 그걸 밖으로 꺼내 말할 수 있는 사람이 적었다.

내가 만난 기자들은 모두 인터뷰할 간호사를 찾기 힘들다고 했다. 나는 나와 함께 일했거나, 비슷한 일을 겪었던 간호사들을 수소문했지만, 실제 인터뷰까지 이어지는 경우는 많지 않았다. 모두가 강한 문제의식을 공유했고 해결을 바랐으나, 막상 소리칠 때가 되면 망설였다. 이것은 그들이 겁쟁이라서가 아니라 그럴 수 없어서다.

병원은 자기주장이 강한 간호사를 원하지 않는다.

민간이 주도하는 병원은 자본이 지배한다. 병원은 환자의 안전을 책임지지만, 돈을 벌어다주지 않는 간호사는 가능한 한 적게 고용한다. 또한 환자와 관련 없는 온갖 잡일을 모두 간호사에게 맡긴다. 한껏 착취한다. 샌드백으로 쓴다. 그들에게 '말하는' 샌드백은 거추장스럽다. 직업과 생계를 유지하기 위해 간호사는 침묵을 강요당한다. 부당함은 삼켜야 한다.

사회는 제 목소리를 내는 간호사를 반기지 않는다. 드라마나 소설에 나오는 간호사들은 의사를 빛나게 하기 위해 실수를 연발하거나 의사를 짝사랑하거나 짧은 치마를 입고 환자 정보를 누설한다. 간호사가 실제로 수행하는 모든 가치 있는 일은 드라마에서 의사들이 수행한다. 간호사들은 그 이미지가 잘못됐다고 계속 말한다. 그런 그들의 목소리는 반영되지 않는다. 사회가 의사를 선망하기 때문일 것이다. 그들을 더 빛나게 하려면 간호사는 더 낮고 어두워져야 한다.

2020년, 두려움 속에서 희생해온 간호사들은 안전과 인력 충원을 호소했다. 그들의 목소리는 지워졌다. 국가도 병원도 돈을 쓰기 싫었을 것이다. 그러나 이 의도적 무시는 더 큰 편의를 위해 기획되었다. 비명을 지우고 벙어리 영웅으로 만들면 사회가 안심하고 잠들 수 있었다. 시민들이 불안해할수록 간호사는 고목처럼 단단해야 한다. 청와대에, 언론에, 사회에 눈물로 읍소했던 간호사들은 실패를 탑처럼 쌓으며 수없이 그만뒀다.

지금도 경제협력개발기구OECD 평균의 3분의 1밖에 안 되는 간호사들이 평균의 다섯 배나 되는 병상을 감당한다. 그들은 늘 착취당하고, 바쁘고, 지쳤다. 피로로 그들의 입은 틀어막혔다.

그들은 저항한다. 저항의 형태는 사직이다. 떠나서 돌아오지 않는다. 사직의 결과는 더 악화되는 간호사 인력 수급이고, 더 위험해지는 환자의 안전이다. 그리고 누구나 환자가 될 수 있다. 병원과 국가와 사회가 간호사의 입을 틀어막은 값을 위험 속에서 지금도 병원으로 실려 들어오는 우리 모두가 진다.

그래서 나는 실체를 띤 간호사로서 침묵을 깰 의무를 지닌다. 지금까지 나를 구하고 도와온 내 동기, 선후배, 이미 내 곁을 떠난 많은 간호사, 그리고 이 악물고 버텨온 행동하는 간호사를 대변할 때 나는 가능한 선에서 늘 내 이름을 썼다. 본명을 내놓고 말하는 대신 많은 부조리를 지적하지 못했다. 용기가 모자라서다.

그러나 나는 곧 많은 선후배 간호사가 소리 높여 말하기 시작할 것을 안다. 그러면 말하지 못한 것들도 그들의 물결에 휩쓸려 떠내려갈 것을 안다. 그 물꼬를 트기 위해 나는 조금 더 용기를 낸다.

나는 김수련이다. 1991년에 태어났고, 빼어날 수秀에 단련할 연鍊 자를 쓴다. 나는 중환자실에서 일하는 간호사다. 이것은 내가 간호사로서 7년간 겪어온 경험의 기록이다.

들어가며

1부는 내가 간호사로 일을 시작한 후 쌓아온 개인적인 경험과 소회를 담았다. 지금 여기 선 간호사로서의 나를 구성한 중요한 나날들이고, 이런 내용을 직접적으로 쓴 글이 이제껏 없었다는 생각에 가능한 한 자세하고 솔직하게 쓰려고 애썼다. 다만 내용에 자책과 자괴감이 무겁게 담겨 있어 일부 독자를 힘겹게 할까봐 우려된다. 이 점이 우려되는 분은 첫 편 「밑바닥에서」를 건너뛰길 권한다.

2부는 병원에서 만났던 상황과 환자들에 대해 개인 정보를 알 수 없도록 일부 내용을 변형해서 넣었고, 특정인이나 사례를 구체적으로 명시하지 않는다. 간호사로 임상에서 일하면서 마주하는 상황을 가능하면 실감나게 전달하기 위해 노력했다.

3부는 사회적인 내용을 담았다. 환자의 안전을 의무로 지는 간호사의 시각에서 병원의 환경과 사회는 어떤 난관으로 다가오는지에 대해 썼다. 「늑대가 나타났다」는 이 책의 중심이며 또한 내가 가장 하고 싶었던 말이다. 행동하는 간호사가 건강권 실현을 위해 지금까지 주장하고 싸워온 '간호사 대 환자 비율'의 확충을 비롯해 중요한 의제들을 강조하고 싶었고, 또 노동조합이 병원 내에서 간호사를 지키는 데 얼마나 중요한 역할을 하는지에 대해 담고 싶었다. 그렇지만 내 개인적인 이야기들에 쫓겨 지면에서 밀려난 부분이 많은 탓에 잘 다루지 못했고, 능력 부족으로 끌어오지 못한 주제가 많아 아쉽다.

여기 담긴 모든 내용은 무수한 날 내 곁을 함께한 동료들과 내 환자들에게 빚졌다. 또 내게는 가장 선배 간호사였던, 그리고 최초의 간호사였던 엄마에게 가장 큰 빚을 졌다.

글의 형태를 띠고 나오기까지 끝없는 인내와 자비로 믿고 기다려주신 이은혜 편집장님의 덕을 봤고, 엉킨 문장을 들여다봐주신 김경은 선생님의 도움을 받았다. 중요한 조언과 응원을 해준 오빠도 큰 조력자였다. 또 나를 밑바닥에서 산 채로 건져 등 떠밀어준 현경이가 모든 걸 가능케 했다.

이들 모두가 공동 저자로 줄줄이 이름을 올려야 할 만큼 기여가 컸다고 생각하나 그러지 못해 여기에 감사의 마음을 남긴다.

차례

3장

1장

밑바닥 에서

왜 삶이 나한테만 가혹한 것 같지, 라고 생각했다.

모두가 자기 몫의 전쟁을 치르는 것을 매일 봤다. 부서지는 사람들을 돌보는 일을 했다. 혹은 그들과 같이 일했다. 지구상의 그 누구도 그들보다 더 괴롭거나 힘들지 않았을 것이라 생각한다. 그들은 견뎠다. 그들이 매일 참혹함을 견디는 것을 보면서도 나는 내 삶만 미어지도록 괴로워하며 무너질 듯이 살았다.

왜 나만 유난이지, 라고 생각했다. 지난 일들을 꺼내는 것이 쉽지 않았다. 파묻혀 있던 것들에 형태를 찾아주는 과정은 자꾸만 그것들을 들여다보게 했다. 힘든 일이었다. 그러나 내가 마침내 글로 정리한 기억들은 참 별것도 아니다. 아니다, 별것일 수도 있다. 더 심한 게 있다고 해서 덜 심한 게 안 심한 건 아니다. 그렇지만 내 삶이 뭐 심한 축에나 들던가. 지상에 이토록 많은 고통이 있는데 내가 뭐라도 되냔 말이다. 나는 매일의 죽음 앞에서 목숨줄 붙잡고 견뎌내던 사람들의 생명력을 안다. 매일 한계의 고난을 견딘 후 패잔병처럼 지쳐 잠들지만, 그런 와중에도 품위를 지키고 심지어 전진하던 사람들을 안다. 그들을 많이 만났다. 내가 가혹하다 생각한 것들은 그다지 가혹할 것도 없다는 사실을 알 수 있을 만큼 만났다. 그럼에도 불구하고 지난날들은 내게 힘들었다.

아무것도 아닌 고통 속에서도 나는 가라앉았다. 아무도 모르는 강 밑바닥에 파묻혀 내 삶이 시간을 따라 떠내려가는 것을 지켜본 적이 있다. 거기서 나를 건진 건 내가 아니다. 운이 좋아 도움을 받았고 지금까지 살았고, 하지만 그리 잘 살진 못했다.

내가 나약한 탓이다. 욕심이 많아 포기도 못 했다. 내가 이런 멀쩡한 삶을 얻을 자격이 없어서 차라리 누군가에게 주고 싶다고 생각한 날이 많았다. 이토록 고난의 역치가 낮아 구구절절 감정 과잉의 서사를 썼다. 삶을 충실히 채우지 못한 것은 온전히 내 탓이다. 초라하다. 그렇지만 살아 있다.

좋은 날들을 누릴 자격이 있지만 그러지 못했던 많은 사람이 떠났다. 그리고 떠날 것을 생각하는 사람들, 떠난 이들로 인해

괴로운 사람들이 있다. 내가 그중 한 명이고, 그들 옆에서 오랜 날들을 보내기도 했다.

내가 보낸 날들에 대해서 말하고 싶다. 이렇게 초라해도, 엉망이어도 살아가는 것에 대해서. 지난날 매일 트집 잡아 사소하게 불행했고 많은 날이 나 자신 때문에 구겨져 너덜너덜했다. 그럼에도 불구하고 어느 날은 햇살같이 빛났다. 그 얘기를 하고 싶었다. 내 자의식에 발목 잡혀 이런 지린내 나는 글을 쓰는 사람도 그냥 산다. 늘 그렇지는 않아도 좋은 날이 종종 기적같이 찾아오고, 그러면 나는 살아 있어서 좋다고 생각한다. 사소한 불행도 빛나는 날들도 흘러간다. 사는 것은 그런 날들을 보낸다는 것이다.

그때는, 데이Day 출근이면 새벽 세 시에 눈을 떠야 했다.

잠이 얕게라도 들었던 건지 눈만 감고 마음은 밤새 지새웠던 건지 알 수 없었다. 그러면 안 되는 걸 알면서도 몇 번씩 눈을 뜨고 시계를 봤다. 세 시가 가까워올수록 잠들기는 더 어려워졌다. 그저 짠내 나는 어둠과 불안에 잠겨 있었던 것 같다. 장독 같은 이불에서 가까스로 빠져나왔다. 연속으로 근무하면 할수록 몸은 더 무거웠다. 걸음을 뗄 때마다 늪 위를 걷는 것 같았다.

혹시나 잠들까봐 공부는 병원에서 했다. 그때는 아현동에 살았는데 걸어서 30분이면 병원에 도착했다. 택시들이 내 근처에서 속도를 줄였지만, 교육 기간에는 최저시급에도 미치지 못하는 돈을 용돈처럼 받았고, 월세를 내고 나면 밥 먹을 돈도 부족했다. 교육 기간이 끝난 후에도 신규 시절 내내 매번 택시를 탈 만큼 여유롭지는 못했다. 이후로는 들어온 돈을 쓸 시간이 없어서 점점 돈이 모였지만, 그때부터는 나를 위해 무엇도 쓸 자격이 없다고 스스로 생각했다.

종종 취객들이 길에 엉켜 있었다. 병원에 도착하면 네 시였다.

공부는 어려울 것이 없었다. 그게 그토록 쉬운 일인 것은 입사하고 나서 알았다. 문제는 그 지식들이 머릿속에 입력되지 않는 것이 아니라 실무에서 출력되어야 할 때 안 나온다는 것이다. 알고 있지만 달리 뾰족한 수도 없었다. 네 시에 시작해도 시간이 빠듯했다. 내가 오늘 담당할 환자는 운 좋으면 일찍부터 알 수 있었고, 아니면 다섯 시가 넘어서 나오기도 했다. 공부하다가 어사인assign이 나오면 전산을 보면서 환자 파악을 했다. 환자의 병력과 현재 상태를 살피고 받아 적었다. 준비하고 들어가도 어떤 때는 내가 알고 있는 내용과 환자 상태가 달랐다. 간호사들은 늘 너무 바빠서 처치를 먼저 하고 나중에 기록을 했다. 담당 환자는 일이 시작된 후 종종 바뀌었다. 어떤 연유로 갑자기 환자가 입실한다거나, 환자 상태가 변해서 중증도가 바뀌었을 때도 그랬다. 그러면 깊숙이 절망을 느끼며 환자 파악을 빨리 새로 해야 했다. 완벽히 준비했다고 생각했을 때도 결정적인 순간에 기억나지 않는 게 많았다. 하물며 준비되지 않은 채라면 하루는 통째로 엉망이 된다. 처음부터 기가 죽어 엄두도 안 났지만 그래도 해야 했다. 그런 일은 자주 있었다.

새벽 다섯 시면 병동으로 들어간다. 신규들이 해야 하는 일은 대체로 시간이 많이 든다. 공부가 끝났건 그러지 않았건 다섯 시가 되면 병동에 들어가 밤번 간호사들에게 인사하고 물건의 개수를 셌다. 물건 개수와 전산에 매겨진 처치 개수가 일치하는지 확인했다. 정맥주사용 빈카 20게이지 짧은 것 40개, 22게이지 40개, 폴리 카테터 18프렌치 2개, 16프렌치 5개, 주사 부위에 붙이는 투명 테이프 10개. 이런 물건들이 줄지어 수십 개. 우리가 부르는 이름과 전산에 입력된 이름은 모두 달랐다. 두 가지를 다 알고 있어도 막상 셀 때는 머릿속에서 빨리 전환되지 않고 시간이 오래 걸렸다. 그걸 그날의 신규 간호사들이 나눠 셌다. 밤번 간호사가 바빠서 미처 처치를 매기지 못한 물품들은 병동을 돌아다니며 담당 간호사들 한 명 한 명에게 물어봤다. 끝내 찾을 수 없었던 일이 종종 있었다. 그것은 누군가의 까마득히 잊힌 기억 속에 있거나 애초에 올라오지 않았거나 내가 잘못 셌거나 전산에 뒤늦게 올라온 것이었다. 그런 일이 한 번 꼬이면 병동을 대여섯 바퀴씩 돌았다.

슈처 세트suture set*, 트라키오 세트tracheostomy set** 같은 것은 부속품이 많았다. 그중 가끔 포셉이나 가위 같은 것이 어딘가로 딸려 들어가 사라졌다. 사용한 레지던트가 쓰레기통에 던질 때도 있었다. 그 1700원짜리 가위를 잃어버리면 나는 쓰레기통을 뒤졌다. 밀봉된 쓰레기봉투를 뜯어 헤집으면 그 안에서 대변 묻은 기저귀와 가래 묻은 휴지와 깨진 앰플 병들이 나왔다. 분주해서 아무 생각도 없었다. 그냥 가위만 찾았다.

앰부백과 마스크, 밸브를 세는 날에는 모든 격리 병실에 들어갔다 나왔다. 못 찾으면 찾을 때까지 방을 뒤졌다. 혹은 소독 개수를 잘못 셌거나 뭐 하나를 잘못 더했거나 망가져서 수리를 위해 의공팀에 보냈는데 차지 간호사들*** 사이에서만 인계되고 있다. 일단 내 힘으로 해결해봐야 했기에 몇 바퀴씩 돌고 다시 세고 모든 물품을 더해본 후 맞지 않으면 차지 간호사에게 물어봤다. 그래도 맞지 않을 때가 있었다. 이미 인계받을 시간이 돼버리면 나중에 처리할 일로 미뤄놓은 채 인계를 받으러 가야 했다.

그러고 나면 미리 파악한 환자의 정보가 머릿속에서 뒤섞인

* 환자의 상처를 꿰매거나 삽입된 관 등을 고정할 때 사용한다.

** 기관절개술tracheostomy을 할 때 사용한다.

*** 차지charge 간호사는 중환자실의 책임간호사로, 해당 근무일의 환자 입퇴실, 물품 수급, 감염 관리 등에 대한 제반 사항과 응급 상황 대처, 부서 전체의 환자 간호에 대한 총괄 책임을 진다. 중환자실의 액팅acting 간호사는 환자의 직접 간호를 담당한다.

채로 어수선하게 인계를 받았다. 인계를 받는 내내 걱정이 머릿속을 떠나지 않았다. 투명 필름 드레싱 하나, 빈카 하나로 종일 애를 태웠다. 내 근무를 마칠 때까지 이 개수가 맞지 않으면 이브닝 간호사가 출근해 다시 물건을 세고 나에게 물어보러 온다. 투명 필름 드레싱 하나, 그냥 내 돈 내고 사고 싶었다. 늘 그랬다.

여섯 시가 되기 전에 인계를 받기 시작한다. 내게 정보가 입력되는 속도보다 늘 인계가 진행되는 속도가 더 빨랐다. 뭔가를 놓치면 다음번에 내게 인계받으러 들어오는 선배가 꼭 물어봤다. 인계가 끝나고 나면 종이 한가득 해야 할 일과 기억할 것투성이였고 모든 걸 받아 적고도 늘 뭔가를 놓쳤다. 내가 무엇을 어디에 적었는지 찾는 데도 시간이 걸렸다. 적지 않으면 잊었다. 잊었다기보다 다시 떠올리기까지 시간이 걸렸던 것이지만, 빨리 떠올리지 못하는 것은 잊은 것이다.

인계가 끝나자마자 할 일은 줄지어 기다렸다. 환자 상태를 머리부터 발끝까지 확인하고, 약 개수를 세고 아침 약을 투여한다. 약 개수가 잘못되면 잘못 센 것인지, 약이 이미 투여된 것인지, 약국에서 잘못 올라온 것인지, 잃어버린 것인지 알아내야 했다. 환자의 정맥으로 투여되고 있는 약물의 남은 양들을 확인한다. 배액관들, 카테터들과 환자의 피부와 가래와 인공호흡기 투석기 투여량, 심지어 체온계의 배터리, 컴퓨터의 모니터, 이 중 뭔가 하나는 문제가 있었다. 아무 문제 없더라도 옆 환자의 방에서 알람이 울려 해결하고 돌아오면 뭔가 급한 일이 생겨나 있었다. 뭐든 하나는 꼭 놓친 후에 머릿속에 떠올라 나중에 다시 확인하러 가야 했다. 모든 일은 늘 방해의 연속이었고 그걸 아예 놓쳐버리면 다음번 근무자가 확인할 때 엉망으로 되어 있었다.

뭔가에 집중할 수가 없었다. 전화가 많이 왔다. 거의 매일 아침이면 보호자들이 걸어온 전화를 받아야 했다. 그러지 않으면 직접 찾아와 중환자실 앞에서 벨을 눌러 우리를 불렀고, 상태를 설명해달라고 했다. 최선을 다한다고 생각했지만 어떤 때는 주치의가 화를 냈다. "그걸 왜 설명해요?"

그때의 '그것'은 환자의 CT 결과였고, 심지어 일주일도 더 된 것이었다. 파트장이 나를 불러서 그걸 왜 설명했냐고 물었을 때 대답할 말이 없었다. "저는 이미 설명하셨을 줄 알았어요." 선생님은 저한테 어디까지 설명했는지 알려주지 않았고 보호자와 어떻게 소통할 계획인지도 알려주시지 않았잖아요……. 그때는 속에서 분노가 치솟았다. 어떻게 하란 말인가? 어떻게 하라는 말인지 이제는 안다. 그냥 완충지대가 되라는 뜻이다. 샌드백이라고도 한다.

주치의에게 설명을 들으라고 해도 보호자는 자꾸 내게서 답을 유도하려들었고 그 마음을 이해 못 할 바도 아니었다. 연차가 쌓이기 전에는 어디까지 설명하고 어디는 하면 안 되는지 감으로 알기 어려워서 보호자가 물으면 그냥 설명했다. 무엇을 설명하거나 하지 말아야 하는지는 오래 일했더라도 미리 알려주지 않으면 당연히 알 수 없었다. 그런 것까지 물어보기엔 모두가 너무 바빴다. 나는 내가 레지던트며 교수들을 졸졸 따라다니면서 추궁하고 귀찮게 구는 사람이라고 느꼈다. 거의 7년을 근무한 후에도 그런 감정을 느꼈다.

협진을 보는 진료과는 전산에 적혀 있는 내용도 전화해 내게 다시 물어봤다. 종종 헷갈렸고 내가 빨리 대답하지 않으면 그들은 짜증을 냈다. 때로는 이미 짜증 난 상태로 전화가 왔다. 나는 종종 환자 두 명을 헷갈려 반대로 설명했고 그럴 때 가장 자괴감이 심했지만 다음번에 또 반복했다.

계속 전화가 왔다. 전화가 오는 도중에도 알람이 울리고 추가 처방이 나고 담당 레지던트가 왔다. 아침 일찍 제일 먼저 오는 레지던트에게 하루의 계획과 문제가 있었던 부분들을 물어야 했다. 그때 놓친 것은 온종일 나를 따라다녔다. 그러나 그가 와 있는 동안에도 전화가 왔다. 전화가 끊기고 다시 받기를 반복하는 도중에 협진팀이 오고 각 과의 교수들이 한 무리씩 회진을 와서 제각기 다른 것 혹은 같은 것을 독촉해 물어봤다.

교수가 회진을 돌 때 어떤 계획들은 완전히 뒤집혔으나 뒤집힌 계획을 구체적으로 알 순 없었다. 구체적인 건 레지던트에게 물어야 했으나 그들은 바빴고 나는 대체 언제 물어야 할지 몰라 눈치를 봤다. 환자를 어쩔 작정인지, 환자의 체수분 균형을 어떻게 맞출 작정인지, 높거나 낮은 혈압을 어떻게 할 것인지, 전해질을 어쩔 것인지, 예정된 시술을 할 수 없을 만큼 낮은 혈액검사 수치를 어쩔 것인지. 이런 것을 전산에 메모로 넣으면 종종 그들은 확인하고도 답장이 없었고 어떤 것에 대해선 간단한 답장을 보냈다. 'ㅇ' 'ㄴ' 같은 답이라도 오기만 하면 그냥 감사했다.

끝내 물어보지 못한 것이 남을 때도 있었다. 그 점에 대해선 뒷번 간호사에게 인계할 때 할 말이 없었다. 인계가 끝난 후 전화해서 물어보면 많은 레지던트는 모기 쫓듯이 답했고 말이 끝나기도 전에 전화를 끊었다. 간호사들은 한 번에 모든 확인을 받기 위해 줄지어 전화를 연결했다. 나한테서 전화가 끊기면 내 뒤에 통화를 기다리고 있던 간호사들에게 사과했다.

매 듀티마다 해야 하는 일들이 있었다. 시간 맞춰 투약, 체위변경, 구강 간호, 석션. 시간 맞춰 혈액검사를 비롯한 검체검사를 하고 새로 난 처방을 처리한다. 전동을 준비하고 입실을 준비한다. 검체검사 결과에 이상한 점이 있으면 레지던트에게 전화해 알렸다. 그들은 종종 전화를 받지 않았고, 중요한 내용을 말하고 답을 받는 도중 끊기면 다시 전화해야 했다. 이런 일은 잦았다. 그들도 바빠서 우리가 말을 끝맺을 때까지 기다리지 못했다. 나도 죽도록 바빴지만 안달은 나만 했다. 늘 빚쟁이처럼 따라다니며 달라붙었다. 그때 처리하지 못하면 다시 전화해야 했다. 그동안에도 전화벨이 울리고 환자는 움직이며 뭔가를 요구했다. 갑자기 혈뇨가 나오거나 인공호흡기 서킷이 분리되거나 모니터를 붙인 잭이 헐거워져 알람이 울렸다. 협진 진료과 레지던트가 환자 확인을 하러 와 내게 질문을 했다. 아까 울린 전화를 다시 하는 걸 잊어버린 채로 근무가 끝나면 환자를 방치한 것으로 근접오류near miss가 됐다. 근접오류 보고서는 실수의 전말을 파악하고 재발을 막기 위한 것이라 했으나 사실은 모두가 시말서처럼 생각했고 그렇게 썼다. 나를 유독 싫어했던 차지는 내가 근접오류 보고서를 써오면 단어 하나 글자 하나를 트집 잡아 처음부터 다시 써오라고 했다. 그렇게 서너 장을 손글씨로 다시, 또다시 빼곡히 썼다.

모든 것이 엉켜들었다. 수많은 펌프를 꽂을 전원이 부족해 일단 미루면 조금 후 배터리가 떨어져가는 알람이 울리고, 환자가 기침을 했는데 전화를 먼저 받으면 인공호흡기 서킷이 가래로 더러워지고, 환자가 잠들도록 투여하는 약의 농도가 모자라 뒤척이는 기색이 약간 보였는데 다른 약의 투약을 먼저 하면 그가 몸부림치기 시작해 내가 연결한 투약 라인이 빠져 줄줄 새기 시작한다. 다 들어간 투약 라인을 제거하기 전에 체위 변경 시간이 돼 다른 환자의 자세를 바꿔 욕창 예방을 하려고 방에서 나가면 내가 돌아왔을 때 혈액이 역류하고 정맥 라인이 막혀버린다. 투석기에 연결할 투석액에 모자란 전해질을 섞으려고 혈액검사 결과를 기다리면 그사이 정신없이 바쁜 일들이 몰아친다. 다 닳은 투석액을 교체하라는 알람이 울리면 그제야 급하게 달려가 허둥지둥 전해질을 섞어야 한다. 그 전해질을 섞는 동안 다른 환자를 재우는 약이 다 닳았다는 알람이 울린다. 달려가 확인하면 아뿔싸, 그 약은 아침에 개수가 모자라 처방을 더 받아야 했던 약이다. 추가 처방을 받아야 했으나 다른 일이 바빠 우선순위에서 밀렸고, 전산에서 요청만 해놓은 채 추가로 더 재촉 못 한 사이 일은 벌어진다.

병동에 미리 준비된 약을 급하게 가져다 갈고, 추후 처방을 받지만 꼭 그런 약은 마약이거나 향정 약이다. 번호와 개수를 맞춰야 하나 처방 없이 달았던 약 때문에 전산상에 번호와 시행 시간이 꼬였다. 죽을 듯이 바쁜 와중에 그걸로 씨름하고 있으면 면회 시간이 된다. 보호자가 면회 들어와 환자의 발이 차갑다면서 역정을 낸다.

인턴이 처방을 내겠다고 했으나 처방을 내지 않으면 전화로 다시 알려야 했다. 인턴도 바빴다. 수술실에 들어가거나 MRI실을 가서 처방을 못 내기도 했고 그 상태로 내 근무가 끝날 때까지 처방이 안 나기도 했다. 나는 급한 처방을 받을 때까지 안달복달하며 여기저기 전화를 했다. 인턴은 종종 처방을 잘못 냈다. 그들도 처음이었다, 내가 처음인 것처럼. 정정하려면 그들이 받을 때까지 전화해야 했고 다시 내는 처방도 용량 따위가 틀리곤 했다. 별것 아닌 일들이 자꾸 꼬여 점점 늘어났다. 내가 재빨리 중단 버튼을 누르기 전에 그들이 잘못 낸 처방을 약국에서 출력하면 틀린 그대로 병동으로 올라왔다. 환자가 비용을 내지 않게 하려면 꼼꼼히 세어서 반환 처리를 해야 했다. 급하지 않은 일들도 잊지 않고 계속 생각하고 있어야 했다. 수십 가지 일을 동시에 고려하느라 넋이 나가곤 했다.

동시에 여러 일을 하는 데 재능 없는 편인 것은 원래부터 알았다. 큰 문제는 아니었다. 불편할 때도 있었지만, 타고난 자질을 어떻게 할 수는 없었고 때로는 그런 점을 활용했다. 학교 다닐 때는 한 번에 한 과목을 공부했다. 일단 몰입하면 서너 시간씩 아무 소리도 못 듣고 느끼지 못한 채 집중하기도 했다. 그런 일을 모든 과목에서 시험 기간 내내 반복해서 했다. 곤죽이 되도록 지쳤지만 내 성적은 그런 식으로 나왔다. 그러나 항상 스스로는 내가 멍청한 것을 모르지 않았고, 이 정도면 괜찮을 줄로 알았다. 그게 이토록 치명적인 단점인 것은 병원에 입사한 뒤 알았다.

선배들은 "너 알람 안 봐?"라고 물었다. 중환자실에서는 환자에게 모니터를 연결하고 알람 설정을 했다. 혈압과 맥박과 호흡과 산소포화도에 문제가 생기면 알람이 울렸다. 그냥 환자가 움직여서 측정이 잘 되지 않거나 측정기가 떨어졌어도 울렸다. 투석 기계는 인턴이든 누구든 그 옆을 지나가며 건드리기만 해도 울렸다. 인공호흡기는 호흡기가 분리됐거나 서킷에 물이 찼거나 호흡수가 빠르거나 느릴 때도 울렸고 그냥 환자가 기침을 한 번 해도 울렸다. 하루 종일 알람이 울렸다. 무슨 일일지 모르니 다른 업무를 하다가도 내 환자 알람이 울리면 가서 봐야 했다. 그러나 그게 잘 들리지 않았다. 너무 바빠서 별문제 아닌 것으로 여겨지는 알람 하나를 잠시 꺼놓으면 그 2분 사이에도 무슨 문제가 생겼다. 환자가 인공기도를 뽑아버린다든지, 호흡을 안 한다든지.

"알람 안 봐?"라는 말을 하루에도 몇 번씩 들었다. 질문보다는 비난에 가까웠다. 그럴 만했다. 다른 간호사들도 각자 자기 환자 두 명을 버겁게 보는 데 더해 내 환자 알람까지 봐줘야 한다면 일이 얼마나 많아질지 알았다. 그러나 머릿속에 아침에 찾지 못한 빈카 하나를 어떻게 할 것인지와 보호자가 아침에 전화했을 때 미처 부탁하지 못한 모자란 기저귀와 30분 전에 채혈해 내렸으나 접수되지 않은 검체가 머릿속을 꽉 채웠다. 중심정맥관이나 정맥주사가 기능을 잘 하지 않아 혈액이나 항생제가 제대로 들어가지 않는 때도 있었다. 그럴 때 새로 잡는 정맥주사가 한 번에 잡히지 않으면 등줄기에 소름이 돋았다. 거기 매달려 낭비하게 될 시간은 얼마일까. 선배에게 부탁한다 해도 선배가 대신 해주는 동안 옆에서 테이프라도 붙여야지 다른 일을 할 수는 없다.

동맥주사 라인에 문제가 생긴 거라면 사태는 더 심각하다. 드레싱을 전부 뜯고 혹시 안에서 꺾인 것은 아닌지 확인한다. 위치를 아무리 조정해도 소용없다면? 정말로 문제가 생긴 거라면? 그러면 레지던트가 다시 동맥관을 잡아야 하지만 운 좋을 때나 그렇게 되었고 그들은 다른 일로 바빴다. 그때부터 동맥혈을 채혈할 때마다 지혈을 위해 환자한테 매달려 있어야 한다. 채혈은 인턴의 일이었지만 인턴이 제때 온 적은 거의 없었고 오더라도 지혈까지 충분히 하고 갈 시간은 대체로 없었다. 어떤 인턴들은 테이프를 대강 붙여놓고 자리를 떴다. 그러면 그 부위에 헤마토마(혈종)가 생겼다. 어떤 때는 시간 여유가 있는 선배 간호사가 동맥관을 잡아줬다. 그렇지만 그것은 빚이었고 그들이 얼마나 바쁜 줄 알았던 터라 나는 늘 죄송했다.

환자가 열이 나면 컬처Culture*를 해야 했다. 그것도 우리 일이었다. 환자들은 다년간 항암제를 썼거나 신장, 심장 문제를 가졌거나, 고령의 나이로 혈관이 다 망가진 사람들밖에 없었다. 그들에게서 채혈을 하고 배액관에서 무균적으로 검체를 받아내야 했다. 무균이라는 것은 오염시키지 말아야 한다는 뜻이다. 이것은 주의력을 요하며, 늘 서둘러야 했기에 허둥거리다 검체통을 쳐서 떨어뜨리거나 소독한 부위를 건드렸다. 그러면 처음부터 다시 해야 했다. 차분해야 한다는 것을 알지만 너무 많은 일이 뒤에 도열해 있어 나를 압도했다. 내가 느린 것은 내 잘못이다. 늘 도움을 요청할 순 없었다. 모두가 각자의 일로 죽도록 바빴다. 일단 내가 먼저 시도하고 실패하면 어렵게 도움을 요청했다. 해야 할 일이 자꾸 미뤄지면 안달이 나고 순서가 뒤죽박죽돼 머릿속에서 돌아다녔다. 누군가 도와주기 시작하면 되려 머릿속이 엉켜버려 남는 시간에 뭐부터 손대야 할지 몰랐다.

환자가 검사받으러 가야 하거나 병동에 가거나 입실하면 그때부터는 울고 싶었다. 누구도 무엇도 제때 해결되지 않았다. “환자분 검사 가야 하는데 같이 가주세요”라고 인턴에게 전화하면 거는 곳마다 바빠서 안 된다고 했다. 환자가 무슨 약을 달고

* 세균배양검사. 감염원을 알기 위해 소변, 가래, 혈액 등에서 무균적으로 샘플을 채취해 배양하는 검사.

갈 것인지, 언제 갈 것인지, 보호자와 같이 갈 것인지 말 것인지, 검사 다녀온 후 언제 혈액검사를 나갈 것인지를 조정하는 몫뿐만 아니라 가기 전에 뽑아야 하는 서류를 챙기는 것과 빗쟁이처럼 채워야 하는 동의서의 빈칸과 조영제를 쓸 경우 정맥관을 잡는 일까지 해야 했다. 환자들은 모두 혈관이 안 좋았다. 나는 느린 데다 일이 한 번에 몰려들면 어쩔 줄 몰라해 선배들은 짜증을 냈다. "네 환자잖아. CT 보낼 거 알았잖아. 왜 준비가 안 돼 있어?" 나도 그게 궁금했다. 분명 알고 있었는데 왜 안 될까.

마음이 급하니 실수가 잦았다. MRI실에서 돌아온 환자를 옮겨 도뇨관 백을 침대 가에 달았는데 클램프*를 열지 않아서 소변이 막혀 있다거나, 드레싱이 엉성해 어렵게 잡은 정맥관이 빠지거나, 레지던트에게 확인받아야 하는 내용 중 일부를 빠뜨리고 인계할 때 찾아내거나, 채혈해 나가야 하는 검체 중 일부를 빠뜨렸다. 인계 중 발견되면 죽도록 미안했다. 그런 일들의 뒤처리를 하고 일하는 도중 하지 못한 기록들을 다 넣고 나면 퇴근시간은 끝없이 밀렸다. 그건 아무렇지 않았다. 그저 부채감이 몹시 컸다. 무슨 일이라도 더 해야 할 것 같고 미안해서 자꾸 서성

* 도뇨관의 흐름을 막는 조임쇠. 도뇨관 안에서 소변이 흘러나오거나 혹은 역류하는 것을 막는다. 요로감염을 예방할 목적으로 환자 이동 시에는 클램프를 잠가 소변이 환자 방향으로 역류하지 않도록 한다.

거렸다.

정맥주사건 드레싱이건 사용한 물품들은 모두 정리해 전산에 입력해야 했다. 몇 개를 썼고 무슨 종류를 썼는지 입력하고 건강보험 급여 물품이 아니면 보호자에게 동의를 받아야 했다. 보호자는 가끔 정확한 액수를 물어왔다. 사용하는 약제도 그랬다. 그런 것을 빼먹으면 종종 환자가 퇴원하거나 병실로 이동한 후에도 보호자에게서 연락이 왔다. 그러나 내게 그런 것은 너무 먼일이었고 당장 내 다음 듀티에 물품을 세는 간호사가 와서 무엇을 얼마나 썼는지 묻기 전까지 전산에 물품이나 다 입력하고 싶었다. 그렇지만 중요도에서 떨어지는 일들은 늘 뒤로 밀렸다. 다음 근무에 물품을 세는 간호사가 나 대신 물품 개수를 처방창에 입력하는 일이 잦아졌다. 그러고도 늘 다른 일이 있어 남아서 하고 가야 했다.

하루 동안 너무 많은 일을 했다. 그러고도 못 한 일들을 뒷번에게 인계하다가 찾아냈다. 그런 게 엄청나게 많았다. 사소한 일 하나 남김없이 깔끔하고 정돈된 인계를 받아도 온종일 동동거리는데, 이런저런 일이 제대로 해결되지 않은 인계를 받은 선배들이 화라도 내는 날이면 나는 차라리 내 빰을 때려줬으면 싶었다.

이런 일이 있었다.

트레이닝 기간이 갓 끝나고 내가 맡게 된 환자는 혈액내과 환자였다. 그는 한동안 인공호흡기를 달고 있다가 이제 떼기 위해 자발호흡을 훈련하고 있었다. 호흡기내과에서는 아침마다 계속 자발호흡을 시도하고, 담당 레지던트는 자꾸 다시 기계호흡으로 돌려놓아 밤새 유지되도록 했다. 선배들은 동맥혈가스검사ABGA 노티notify*를 받기 귀찮아서라고 했지만 이유는 정확히 모른다. 담당 레지던트는 그다지 친절한 사람이 아니었다. 내가 전화하면 안 받거나, 받은 후 내 말이 끝나기도 전에 "오더대로 해요"라고 했다. 혹은 "어쩌라고요"라거나 "바빠죽겠는데 진짜"라면서 끊기도 했다. 대답 없이 끊을 때도 있었다. 다른 간호사에게는 욕설을 했다고도 들었다. 욕설쯤 들어도 괜찮으니 그저 내가 말을 끝낼 때까지 기다려만 줬으면 싶었다. 가끔 전화를 받자마자 그는 "빨리 말해요, 빨리"라고 했다. 긴장하면 말이 더 나오지 않아 버벅거렸고 그러면 그는 "아이씨" 하고는 전화를 끊어버렸다. 이런 성격은 흔했다. 그 후에도 이런 레지던트를 수십 명은 더 봤다. 그러나 그의 이름 석 자가 내 머릿속에 아직 남아 있는 것은 내가 위닝**한 첫날 그가 있었기 때문이다.

그날, 아침에 회진을 도는 호흡기내과 팀은 인공호흡기 세팅을 기계호흡 모드에서 시팹CPAP(자발호흡을 허용하며 호흡 시 압력

* 간호사가 의사에게 하는 환자 상태 변화 알림.

** 신규 간호사의 트레이닝 기간이 끝나고 혼자서 환자를 보는 것.

을 일부 보조한다) 모드로 바꿔놓고, "동맥혈 가스검사는 하지 마세요. 그냥 산소포화도SpO2만 봐주세요"라고 말하고 갔다. 나는 변경된 사항을 담당 레지던트에게 전산상의 메모로 보냈다. 어제도 똑같은 것을 시도했던 환자라서 그가 "어쩌라고요"라고 할 만한 내용이었다. 그 환자는 정오가 조금 지났을 때 시저(발작)를 시작했다. 동공이 위쪽으로 치우치면서 어깨를 발작적으로 떨었다. 환자의 체온이 급격히 치솟았다. 보호자로 면회 와 있던 어머니는 딸의 팔을 꼭 붙잡고 우렁우렁한 목소리로 울부짖었다.

호흡기내과 의사가 처방을 주고 급하게 CT 계획이 잡혔다. 담당 레지던트에게 전화를 했으나 한참 동안 받지 않았다. 한 번, 그가 딱 한 번 전화를 받았다가 끊기 전에 환자가 시저 중이라는 것을 말했으나 그는 바로 전화를 끊었다. 선배가 대신 전화를 붙잡았다. 다시 한번 통화가 연결됐을 때 선배는 다짜고짜 "아티반Ativan* 줄까요?"라고 물었다. 그는 "엘리베이터"**라고 하고는 끊었다.

CT실에서 준비될 때까지 급하게 열의 원인을 찾으려고 컬처를 했다. 안절부절못하는 나를 도와주기 위해 선배들이 왔다. 환

* 벤조디아제핀 계열의 향정신성 의약품으로, 여기서는 항경련 작용을 위해 투여할지 여부를 레지던트에게 확인하려는 것.

** 본인이 지금 엘리베이터에 있으니 기다리라는 뜻인데 그 뜻인 줄은 나중에 알았다.

자를 붙잡고 쩌렁쩌렁한 목소리로 기도문을 외는 보호자를 밖으로 보내고 문을 닫았다. 인계 시간 직전에 바쁜 일을 버려두고 온 선배들은 모두 짜증이 나 있었다. 나는 머릿속이 곤죽이 된 채 엉망진창으로 컬처를 준비했다. 선배 한 명이 말했다. "너 아직 컬처도 못 하니?" 대답할 말이 없었다. 또 한 명이 말했다. "너 거기 서서 거치적거릴 거면 나가." 나가서 컴퓨터를 잡자 다른 한 명이 말했다. "너 선배들한테 다 시켜놓고 지금 기록해?" 뭐부터 해야 할지 손에 잡히지 않았다. 뭘 해야 하는지 아는데 되질 않았다. CT실에 보낼 서식을 준비하려고 프린트하려 하자 누가 말했다. "내가 할 거니까 너 다른 일 해." 또 다른 선배가 항경련제를 투여하면서 말했다. "네 환자잖아. 너 지금 뭐 하는 거야?"

인계는 CT를 보내놓고 시작됐다. 사실상 말할 수 있는 게 없었다. 내 뒤로 들어온 선배는 소리치면서 인계를 받기로 유명한 사람이었다. 앞부분 얼마간을 듣다가 그가 말했다. "야, 나 너한테 인계 안 받아." 그렇게 말은 했지만 그는 인계를 끝까지 받았다. 다른 선배 한 명은 내 뒤에 서서 인계를 듣다가 중간중간 비웃음을 흘리며 말을 끊었다. 선배가 들고 있던 받침판으로 탁자를 칠 때마다 그가 그걸로 차라리 나를 때렸으면 했다.

엉망으로 인계를 끝내놓고 기록을 시작할 때 레지던트가 나를 찾았다.

"왜 풀모(호흡기내과)에서 시팹으로 돌린 거 얘기 안 했어요?"

그는 단단히 화가 나 있었다.

"시팹 때문에 환자가 힘들어서 시저한 거잖아요. 왜 시팹인 거 얘기 안 했어요?"

할 말이 있었지만 할 수가 없었다. 사실 그때는 생각나지도 않았다. 나는 거의 공황 상태였다. 기록을 하겠다고 컴퓨터 앞에 있었지만 내가 뭘 해야 하는지도 몰랐다. 옆에 있던 선배가 "메모로 보냈대요"라고 말해줬으나, 그가 다시 말했다.

"왜 전화를 안 했냐고요. 메모로 보낼 거면 왜 병원에서 굳이 선생님 써요? 그냥 알바 쓰지?" 나는 죄송하다고 했다.

"죄송하다면 다예요? 선생님 때문에 환자가 시저 했잖아요!"

차지 간호사가 급하게 일어나 옆으로 왔다. 그는 중재를 하려는 차지가 몇 마디 하기도 전에 자리를 떴다. 나는 울었다. 그때부터 오랫동안 울 일이 많았다.

이튿날은 거의 잠을 못 자고 출근했다. 위닝 전 내 프리셉터* 를 해주신 분은 좋은 분으로, 내가 출근하자마자 "괜찮니?" 하고

* 신규 간호사들이 병동에 배정되면 일대일 도제식 교육을 받는다. 스승 역할을 담당하며 업무를 습득하도록 교육하는 사람을 프리셉터, 그에게 배우는 신규 간호사를 프리셉티라고 한다.

물었다. "어제 얘기 들었어. 너 때문에 무슨 시저를 해? 말이 되니?"

그가 나를 도닥이며 말했다. 그 말을 듣고 또 울었다. 애써 울음을 그쳐도 다시, 또다시 울게 됐다. 이후에도 나는 이때가 떠오르면 매번 울었다.

내가 더듬거리면서 말했다. "제가 할 수 있을지 모르겠어요."

그분은 한참을 말없이 도닥이다가 말했다.

"괜찮아질 거야. 그냥 버티면 돼."

그때부터 매일 온 마음이 까맣게 지져지면서도 나는 또 출근을 했다. 나는 더 나아지려고, 반드시 어제보다 더 나아지려고 했으나 어떤 때는 그런 것 같다가도 어떤 때는 이전보다 더 곤두박질쳤다. 희생은 내가 하기도 했고 나 때문에 환자나 선배 혹은 동기가 하는 것 같기도 했다. 매일을 고행처럼 견뎠다. 그러지 않으면 희생이 의미 없어진다고 생각했다. 그렇게 일 년간 신촌 거리를 울면서 퇴근했다.

어떤 때는 집에 도착하고도 울음이 그치지 않아 엄마가 봐도 운 티를 못 알아차릴 때까지 아파트 층계참에서 한두 시간씩 서성거렸다.

가끔 이런 일의 일부를 누군가에게 털어놓으면 왜 그만두지 않았느냐고 물었다. 나도 모르겠다. 어떤 때에는 마치 천천히 삶아지는 두꺼비처럼 벗어날 수 없다. 이런 날들을 일 년 보낸 후 어느 순간부터 나는 묘한 부유감을 느꼈다.

그때 나는 나한테서 조금 분리되어 있었다. 혼이 몸을 두고 떠날 준비를 하는 걸지도 모른다고 생각했던 것 같다. 내 살갗을 스치는 일이 전부 다소 밋밋했다. 모든 소리는 물속에서 듣는 것처럼 몽롱했다. 나는 말하는 법을 잊은 것처럼 제대로 된 문장을 말하지 못했다. 그때는 인계 중에도 주술 관계가 맞지 않는 말들을 뱉고는 무엇이 잘못된 줄도 몰랐다. 마치 뇌가 반쯤은 없어진 것 같았다. 주변 일들이 모두 가짜 같았다. 내가 내 몸에 머물고 있는 게 맞는지 가끔씩 확인해야 했다. 자꾸 내가 내 밖에 있는 것 같았다. 일은 점점 느려지고, 다쳐도 통증이 잘 느껴지지 않으며 늘 아득했다. 바닥을 제대로 살피지 못해 늘어진 전선에 걸려 넘어지는 일이 잦았다. 무릎에 손바닥만 한 멍이 자주 들었다.

인계를 하고 나면 엉망이 된 일들을 마주한 선배들이 어쩔 줄 몰라 화를 낼 때가 많았다. 나를 미워하는 것을 느끼면 속에 무엇이 얹힌 듯 아프다가도 고요한 안심 같은 것이 올라왔다. 그래, 내가 이렇게 답 없는 인간이지. 아무것도 아닌 놈이지. 원래 그랬어. 고개를 수그리면서 그저 송구해하고, 병원을 나서면서는 서성거렸다. 벌을 받아야 할 것만 같았다. 밤 근무가 끝나면, 동도 트지 않은 얼어붙은 거리를 헤매다가 인적 드문 곳에서 장갑을 벗고 내 뺨을 때렸다. 뺨도 손바닥도 어딘가 감각이 마비된 것처럼 느껴졌다. 모든 게 조금씩 가짜처럼 느껴졌다. 어쨌거나 그러면 마음이 조금 편안해졌다.

쉬는 날에는 항상 누워 있었다. 잠은 오지 않았고 어디에도 집중하지 못했다. 그다지 침울한 것도 아니었다. 그때 나한테는 감정이 거의 없었다, 빈 주머니처럼. 가만히 누워서 벽지가 바래는 소리를 들었다. 시간은 꼭 멈춘 것처럼 느껴졌다. 다들 모든 것이 지나갈 거라고 했지만, 그때는 도무지 그럴 것 같지 않았다. 매 초가 나를 긁어내렸다.

간혹 이불이 너무 포근하게 느껴지면 내가 그런 것을 느낄 자격이 없다는 생각이 들었다. 침대 서랍들을 꺼내 침대 위로 올리고, 그 빈자리에 들어가 누웠다. 바닥에 누우면 마치 죽는 것처럼 편안했다. 침대 밑의 어둠을 마주하면 잠이 왔다. 나는 그때 인간도 영혼도 아닌 반쪽짜리 존재였다. 울면 울 자격이 없는 것 같았고, 숨을 쉬면 내가 쉰 들숨이 아까웠다. 이 세계에 내가 차지한 부피가 부끄럽고 미안해서 어서 없어져야 할 것 같았다.

누군가 나를 쳐다보는 눈을 마주할 때마다 저것이 온 곳은 어딜까, 어떻게 저런 기괴한 것이 있을 수 있지, 하는 순수한 의문들이 내 존재에 와서 부딪히는 것 같았다. 아무도 그런 질문을 하지 않았지만 스스로 매분 매초 질문했다. 내 존재를 정당화하기 위한 버거운, 아무래도 오답인 변명들 사이를 헤매며 나는 순수하게 풍식되었다. 아무래도 그 시절, 나는 그 삶을 살지 않았다. 그저 연명했다. 노인처럼 늙어갔다.

그리고 출근해야 하면 했다. 그해에 나는 세 번 지각을 했다. 나를 아주 싫어하는 차지 간호사가 있었는데 하필 내가 지각할 때 그가 있었다. 그가 나를 격렬히 비웃고 비난할 때도 마치 나는 거기서 몇 광년은 떨어진 우주의 허공에서 지켜보는 것처럼 아무것도 느끼지 못했다.

그때, 나는 빠져나갈 뒷문을 열어두듯 어떻게 죽을지 계획을 세웠다. 매일 머릿속에서 조금씩 구체적인 형태가 잡혔다. 힘이 덜 드는 날이면 적절한 장소를 모색했다. 몸이 지쳐서 집에 돌아오면 마음이 조금 편안했다. 죽음에 관심이 많았다. 커피를 마시면 카페인의 치사량이 얼마나 될지 생각했다. 돌연사에 대한 기사를 읽으면 부러워했다. 돌연사나 급사나 과로사 따위의 정보를 검색하면서 내가 찾아가지 않아도 그런 행운이 저절로 나한테 다가올 가능성이 있지 않을까, 내 과로는 이들에 비하면 얼마나 될까를 타진했다.

정말로 뒷문이 열려 바람이 드는 것처럼, 도망칠 곳을 마련했다는 뿌듯함이 선선한 잠을 불러오는 날들도 있었다.

이 시절은 모두 지나갔다. 그날들에 나는 누구보다 더 강바닥

같은 죽음에 가까이 가 있었다. 거기서 나를 건진 것은 내가 아니고 내 근성도 아니고 그저 운이다. 나는 내 밑바닥을 봤다. 그것이 얼마나 초라하고 공허한 모양인지를 봤다. 내 노력이 얼마나 하찮은지 알게 되었고, 아무리 기다려도 지나가지 않는 고통을 봤다. 그것은 내가 어디를 가든 항상 내 머리 위에 있었다.

여기에 대한 글을 여러 편 쓰려고 오랫동안 노력했다. 그 시절 밑바닥에서 물 밖으로 머리를 내밀 때마다 마치 머리를 발로 밟아 물속으로 다시 처넣는 것 같았던 차지 간호사에 대해서도, 내 캐비닛 안에 터져 줄줄 새는 투석액 백을 던져놓았던, 결막염에 걸리자 걔 그거 꾀병이라고 소문을 내던, 리넨 장으로 끌고 가 밀쳐놓고 너 앞으로 없는 사람 취급하겠다던, 차지 간호사들이 다 너랑 일하기 싫어하는 거 알고나 있으라던, 여기 네 편 아무도 없고 네가 사회생활 어떻게 했는지 잘 생각해보라던, 사실을 말해도 거짓말이라며 을러붙이던, 내 멱살을 잡고 끌어당기던, 맞는 답을 말했는데도 얘는 공부도 안 한다며 부서 중앙에 세워놓고 소리 지르던, 9번 병실 환자를 보는데 16번 병실 신환을 받으라던, 신규가 보기에는 버거울 환자를 담당으로 주고 뒷번으로는 반드시 태움으로 유명한 선배를 배정하던, 보호자와 레지던트 앞에서 내 목덜미를 붙잡아 끌고 다니며 "얘가 잘 몰라서 그래요"라며 망신을 주던, 환자 드레싱을 붙인 지 사흘이 넘었다며 떼어서 내 팔에 붙이던, 환자 기관절개관 튜브를 환자 방 밖에서 세척했다고 손바닥으로 등을 때렸던 사람들에 대해서도 쓰려고 했으나 쓰지 못했다.

신규 간호사가 정맥주사를 놓는 데 실패하자 선배가 그 신규의 팔을 붙잡고 빈카*를 팔에 꽂으며 "야, 이게 네가 환자한테 한 짓이야. 알겠어?"라고 했다던 사례가 있다. 신규 간호사가 심장질환으로 아버지가 아프셔서 인계 후 연장 근무 없이 바로 퇴근해도 되겠냐고 묻자 "아버지 팔아서 퇴근하고 좋겠다?"라고 했다던 사례도 있다. 이런 악마 같은 개인들의 괴롭힘에 대해 알고 있으며 나에게도 몇몇 경험이 있다. 어떤 개인은 인간의 심성으로는 도무지 이해하기 힘든 순수한 악인 것을 안다. 그러나 대부분은 비난할 데 없는 버거움과, 그 숨막히는 버거움과 그 버거움의 소용돌이에 휘말린 인내력이 평균보다 모자란, 구석에 몰리면 아주 못돼지는 어떤 사람들의 사례다. 그들의 어떤 부분을 이해한다. 그들도 힘들었을 것이나 나 또한 못 견디도록 괴롭고 외로웠다. 그래서 못 쓰겠다. 이것이 아마 당분간은 내 신규 시절에 대한 유일한 글이 될 것이다. 그리고 나는 간호사들의 삶이나 경험에 대한 글이 거의 없는 이유를 알게 되었다.

* 정맥주사용 바늘.

말하고 싶지 않다. 말하는 것이 너무 힘들다. 그 경험을 들여다보려면 거리를 둬야 하는데, 대부분은 거리가 생기기 전에 일을 그만두고 어서 잊어버린다. 충분한 시간적 거리가 생기면 그때는 잊고 싶다. 구체화를 하려면 인지해야 하고, 인지하려면 자세히 들여다봐야 하니까. 이 글을 쓰던 중 잠들었다 깨면 혼곤한 와중에 나는 그 예전의 동굴 속에서 눈을 떴다. 악몽 속을 헤매고 다니는 느낌이었다.

나는 이 모든 일이 일어난 중환자실을 7년 차일 때 그만뒀다. 만으로 6년이 넘게 같은 곳에서 일했다. 마지막 해에는 책임간호사가 됐다.

첫해가 지났을 때, 나는 내 뒤로 들어온 후배들에게 화를 낼 수 없는 선배가 됐다. 모든 후배에게 존대했다. 힘들어하는 후배에게 해줄 말들을 미리 적어놓았고, 움츠러들어 있을 때는 기죽지 말라고 했다. 이것도 다 기싸움이라서 기죽기 시작하면 더 못해요. 후배들이 세야 하는 물품 개수를 줄여보려고 물품 세는 시간에 대해 추가 근무수당을 신청하겠다고 을러댔고 그게 잘돼서 개수를 대폭 줄였다. 후배들이 헤매고 있으면 같이 물품을 셌다. 어느 순간에도 두려움이나 모멸감 없이 도와달라고 할 수 있는, 모르는 것을 물어볼 수 있는 사람이 되려고 했다. 잘 되지는 않았지만 덜 힘들게 만들어주고 싶어서 애를 썼다. 안간힘을 썼다. 그리고 정말로, 아주 조금씩이지만 나아졌다. 그럴 때는 햇살이 드는 것처럼 포만감이 들고 뿌듯했다. 내 삶에서 누구를 위해 그런 애정을 쏟고 받아본 적이 없어서. 그런 날들엔 살아 있어서 다행이라고 생각했다. 환자와 레지던트와 언성을 높인 직후에도 후배들에게는 요즘 괜찮은지 물었다. 인계를 받으면 후배들이 몰라서 못 한 것을 알려주고 남은 일은 내가 할 테니 집에 가라고 했다. 집에 가서 오늘은 공부하지 말고 푹 쉬고 내일 잘 자고 나오세요, 라고 하는 그런 선배가 되기 위해 일을 잘하고 빨리 하는 간호사가 돼야 했다. 그래서 그렇게 했다. 내가 그렇게 할 수 있어서 좋았다. 이 가혹한 일을 그만둘 때는 심지어 조금 슬프기까지 했다.

이 모든 것을 하고 느낄 수 있었던 이유는 내가 밑바닥을 헤매봤기 때문이다. 내 삶에서 가장 깊은 곳에 가라앉아봤기 때문이다.

그 시기를 지나올 때, 나는 한 글자도 쓰지 않았다. 나처럼 정신력이 약한 종자는 그 한복판에 있을 때는 글을 쓰지 못한다. 일기 한 자 쓰지 않았다. 어둠을 바라보면 그 심연도 나를 바라본다. 동굴을 지날 때는 뒤를 돌아봐서는 안 된다.

기운이 조금 나면 프리모 레비와 솔제니친의 책을 읽었다. 조지 오웰의 『파리와 런던의 따라지 인생』도 읽었다. 그때는 집중력이 짧고 약해서 여러 번 끊어 읽었다. 어떤 때는 한 주 내내 한 문장만 읽었다. 그렇게 한 해가 지나도록 고작 몇 권밖에 못 읽었다. 내 삶은 아우슈비츠도, 소련의 교도소도, 노숙생활도 아니었다. 나보다 더 비참한 삶을 보면서 알량한 위안을 받았다고 한다면 그것도 맞는 말일 수 있다.

그러나 누군가 이런 밑바닥에 가라앉아 있었다는 것. 견디면서 지나간다는 것. 그리고 그 밑바닥에 대해 쓰고, 되풀이해 읽히고, 그것조차 지나갈 때까지 살아냈다는 것을 그때 나는 자주 확인했다. 그 책들이 내게 위안이 되었다.

나는 그때로부터 7년이 지난 시간에, 바로 지금, 아직 살아있다. 이 사실이 누구에게 어떤 위안이 될지도 몰라서.

그래서 이것을 썼다.

말벌들

몇 년 전이다.

아마 그때는 내 신체가 마음을 닮아가는 중이었던 것 같다. 나는 쉽게 잠들지 못했다. 아니다, 잠들지 못했다기보다는 꿈속에 머물지 못했다. 나는 꿈속에서 늘 긴 터널을 지났다. 꿈 내용들이 내 마음을 물들이기 전에 나는 뛰쳐나와야 했고, 자주 깨어야 했다.

새벽에 출근하는 날이면 전날 전혀 잠들지 못하기도 했다. 그런 날에는 모든 소리가 물속에서 듣는 것처럼 몽롱하고 울렸다. 말벌이 귀 근처에서 날아다니는 듯한 이명을 들었다. 그런 날이 많았다.

내 어딘가가 이상하다는 사실을 알게 된 것은 불린 미역처럼 늘어지는 몸을 이끌고 어디를 가겠다고 조금 뛰었을 때였는데, 길을 건너고 숨을 고르자 말벌집을 쑤셔놓은 것같이 모든 지각 체계가 엉망이 되었다. 귀에서는 말벌이 스무 마리쯤 웅웅거리면서 천둥처럼 나를 마구 뒤흔드는 것 같았다. 온 시야가 빙글빙글 돌았다. 십 몇 분쯤 앉아서 쉬니 나아졌다.

어떤 날에는 밥 먹고 나와 차를 타고 가는데 또 말벌들이 나를 습격했다. 귀가 붕붕거리고 속이 뒤집혀서 구토를 몇 번 했다. 그날은 친구 집에 머물렀고, 그 친구는 내 눈에서 안진眼震* 을 찾아냈다.

그날, 구토를 멈추기 위해 근무하던 병원 응급실에 갔다. 문진을 받던 중 증세는 저절로 멈췄다. 나는 집에 가서 잠을 잤다. 난리를 겪었더니 오랜만에 편안한 잠이 찾아왔다.

내가 병원에 가게 된 것은 그 후로도 몇 주 지나서의 일이다. 가야 한다는 것은 알았지만, 여전히 출퇴근하는 일에 허덕였고 잠이 부족했다. 일과 일 이후의 죽음 같은 휴식 외에는 아무 관심도 없었다.

그날은 퇴근하다가 뭔가를 두고 와서 병원으로 돌아가던 길이

* 안구진탕. 무의식적으로 눈이 움직이는 증상.

었는데, 마찬가지로 새벽에 출근한 날이라 잠을 자지 못했고, 식사도 여느 날처럼 걸렀다. 그날은 귓가의 말벌들과 함께 일했다.

주변만 맴돌던 말벌들이 내게 달려든 것은 횡단보도 한복판에서였다. 맹렬한 공격이었다. 세계는 뒤집혔다가 뱅글뱅글 돌기 시작했다. 나는 비틀거리다가 맥을 못 추고 주저앉았는데, 곧 신호가 바뀔 것이었고, 마음이 몹시 쫓겨서 약간 공황 상태였다. 대로 한복판이었고, 차가 많았다. 병원 앞이라는 게 조금 위로가 됐을까.

파란불이 깜박거리는 것을 알았을 때 일어나려고 애썼다. 그때 누가 내 팔을 낚아챘다. 한쪽이 먼저, 그리고 그다음 쪽이. 두 명의 모르는 여자였다.

"어디가 아프냐"고 물었던 것 같은데 경황이 없어 자세히는 기억나지 않는다. 내가 뭐라고 대답했는지도 기억에 없지만 아마 횡설수설했을 것이다.

나는 그들에게 의지해 길을 건너고 나서 다시 바닥으로 무너졌다. 두 여자는 내 옆에 나처럼 주저앉아서 내가 괜찮은 것이 확인될 때까지 시간을 보냈다. 나는 헛구역질을 하고 구토도 두어 번 하느라 조금 바빴는데, 두 여자가 교대로 물 한 병을 사왔고, 그다음에는 초콜릿을 사서 돌아오는 것을 보았다. 아마 내가 저혈당이라고 생각했던 것 같다. 그들은 내게 초콜릿을 먹이면서 병원 바로 옆에 있는 학교 교정으로 나를 부축해 들어갔다. 낙엽 지는 낭만적인 학교 벤치에서 나는 초콜릿 냄새가 나는 토사물을 게워냈다.

말벌들은 이전처럼 떠날 시간이 되자 떠났다. 시작부터 계산하면 20분 정도 됐던 것 같다.

내가 괜찮은 것을 확인하고 나서 두 여자는 각기 다른 방향으로 발길을 돌리며 인파 속으로 사라졌다. 그 둘은 인사도 없이 헤어졌다. 그들은 서로 초면이었던 것 같다.

내가 고맙다고 말했는지는 기억이 나지 않는다. 내가 고맙다고 했는지 알지 못해 밤마다 누워 자꾸 생각했다. 어느 날에는 한 것 같다가 어느 날에는 안 한 것 같았다. 그렇게 했는지 안 했는지 사실과 가설들이 모두 뒤섞여버렸다. 그때부터 나는 습관적으로 자다가도 고맙다고 했다.

그런 여자들은 자꾸 나타났다. 이름도 남기지 않고 나를 위기에서 일으켜 길을 건네주던 사람들.

가는 팔다리로 나를 번쩍 일으켜 들고 길을 건넌 그들의 안간힘을 기억한다. 그 힘은 여러 번 나를 다시 세웠다.

그들이 읽을 리 없는 이 글에서도 나는 의미 없는 메아리처럼 쓴다. 당신들의 존재와, 나를 위해 최선을 다한 시간들에 감사한다고. 나는 힘들 때마다 당신들을 생각했다고. 벼랑 끝에 서는 날마다, 이유도 없이 당신들이 나를 구하기 위해 들인 노력을 갚기 위해서 조금 더 살아내고, 조금 더 친절해지기 위해 애쓴 그 순간들이 모여 지금의 내가 됐다고.

그 병의 이름이 메니에르인 것은 나중에야 알았다. 진단을 받고, 약을 먹으면서 나아졌다. 가끔 말벌이 출몰하지만, 그들은 내게 달려들지 않고 귓가에 맴돌다 때가 되면 사라진다. 나는 지금도 그들과 같이 살아간다.

내가 경력 3년차가 됐을 때, 퇴근길 신촌 길거리에서 모르는 여자가 말을 걸었다.

"이제는 괜찮아요?"

전혀 기억나지 않는 얼굴이었다. 여자가 덧붙였다.

"예전에 이 길 맨날 울면서 걸어다녔잖아요."

나는 아무 대답도 못 했다. 뭐라고 해야 할지 잘 몰랐다. 그는 내 대답 없이도 들은 듯 빙긋이 웃었다.

"얼굴이 좀 괜찮아 보여서요. 다행이에요."

신호가 바뀌고 그 여자는 멀어져갔다. 나는 멍하니 깜박이는 신호를 지켜보았다.

나는 이제, 어린 후배들에게 퇴근길에 말을 건다.

"이제는 괜찮아요?"

나와 같은 병을 입사 이후 얻은 후배 한 명이 얼마 전 그만뒀다. 말벌집을 뒤엎으러 떠난 그 애의 용기에 감탄한다. 그 애가 어느 모서리에 주저앉아 불안에 떨며 그 한 줄기 섬광 같은 여자들을 기다리게 될 일이 없어 감사한다. 그 애의 삶에 다시는 그것들의 습격이 없기를 바란다.

작고
예쁘고
소소한 것*

제법 오랜 시간 동안 뒷문 열어놓는 심정으로 죽음을 생각했다. 그러고부터는 아무리 힘들어도 하루를 견딜 수 있었다. 나는 내일 죽을 수 있으니까. 하루만 견디면 돼. 그러지 않고서는 견딜 수가 없었다. 꽉 끼는 삶이 너무 무거워 숨을 쉴 수가 없었다.

매일을 하루만 사는 심정으로 살았다.

어느 날은 정말 손에 잡히는 구체적인 계획을 세웠다. 그날 난 무언가를 쓰고 있었는데, 그건 내가 어쩌다 죽게 됐는지에 대한 구체적인 정황이었다. 그날 그 글을 다 쓰고 밤에 죽을 작정

* 자살사고에 대한 내용이 포함돼 있으니 읽기 힘든 독자분들은 건너뛰어도 좋다.

이었다. 준비는 되어 있었다.

할 수만 있다면 병원에서 떨어지고 싶었는데 그곳은 명색이 병원이라 못 떨어지게 대비를 많이 해뒀다. 내 두부 외상을 보는 사람들이 트라우마를 겪지 않게 비닐봉지를 머리에 쓰고 떨어져야겠다 싶어서 미국에서 쓰레기봉투로 쓴다는 두껍고 튼튼한 검은 비닐봉지도 구입했다. 그러나 곳곳을 돌아보니 간호사를 덜 고용하고 남은 돈으로 자문이라도 받은 건지 그런 데는 만전을 기해서 느슨한 곳 하나 없었다. 어쨌거나 다른 방법을 몇 가지 생각해두었고, 사람이 죽고 사는 것과 관련된 일을 최소 1년은 했으니 허술하진 않았다. 사실 그 계획은 절대 실패할 리 없었다. 119에 예약 문자도 미리 작성해두었다. 남은 일은 왜 죽는지 구구절절 정당화하는 일종의 보고서에 가까운 편지였다. 그때는 기력이며 집중력이 바닥까지 떨어져서 쓰고는 있었지만 왜 써야 하나, 어차피 죽을 건데, 하는 생각이 들어 그만 쓸까도 고민했던 것 같다.

아래의 편지는 바로 그 순간 한 상자의 브라우니와 함께 배달됐다.

현경이는 내가 고등학생 때 만난 친구다. 우리는 오랜 세월 동안 주기적으로 만났다. 그는 내가 아는 가장 섬세하고 날카로운 통찰을 지닌 사람이고, 심지어 그 애는 스스로 가장 못났다고 자책할 때조차 특별했다. 힘든 날이면 그가 귀신같이 알아채 나를 불러냈다. 바깥으로 표현할 언어를 잃어서 웅얼거리기만 하는 나를 오래 참아주었다. 감정이 바닥난 나 대신 격분해 나를 구석으로 몰아넣은 사람들에게 욕을 퍼부어주는 날이면 마음이 싹 비워진 것처럼 편안했다. 내가 가느다란 줄 위에 서서 휘청거리던 날들을 아는 유일한 사람이다. 내 삶에서 가장 좋은 걸 누가 묻는다면 바로 떠오를 사람이 그였다. 나한테는 좋은 게 많이 없어서 그나마 있는 좋은 것들을 소중히 여겨야 했다. 그러나 무엇에도 신경 쓸 에너지가 없어 아마 소홀했을 것이다.

그 무렵 나는 늘 힘들다고 징징댔을 뿐 무슨 일이 있었는지는 구체적으로 얘기하지 않았는데, 현경이가 어떻게 그 순간을 감지했는지는 알 수 없다. 아마 본능적인 감이었을 것이다. 현경이에게는 설명하기 어려운 그런 감각이 늘 있었다.

그날까지 나는 영화 같은 일이 나한테 일어나리라고는 믿은 적이 없다. 기적도 믿은 적이 없다. 어떤 우연이 굉장히 아름다운 형태로 누군가에게 일어난다는 것은 알았지만 그런 특별한 일이 내게 일어날 리는 없다고 생각했다. 그러나 그날 일어난 일은 정말 특별했다. 내 평생 가장 특별했다. 이 특별한 두 장짜리 편지가 그날 내 멱살을 잡아 밑바닥에서 위로 끌어올렸다. 이후 많은 날을 이 편지와 함께 견뎠다.

아마 현경이는 내가 이 편지를 활자로 찍어낸다고 하면 손사래를 치겠지만, 나는 이것이 그 밑바닥에서 몇 명의 멱살을 더 잡아 끄집어올릴 수도 있지 않나 하는 기대로 여기에 옮겨 적는다.

활자를 읽는 일조차 힘들지 모를 수련아

편지를 쓰겠답시고 이러고 있는 와중에도 나는 너에게 무슨 말을 해야 좋을지 잘 모르겠다.

너는 내가 아는 이 중에서 가장 단단한 사람이라고 입버릇처럼 얘기했지만, 동시에 내가 아는 이 중 제일 마음이 따뜻한 사람인데 그 여리고 따뜻한 마음이 온전치 못하도록 다치고 있다는 게 슬프다. 관념적일지 모르나 너의 자존감과 마음이 보기 드물게 귀하고 예쁜 거라서 하느님이 잘 가지고 있으라고, 널 강하게 해주시는 거라고 생각한 적도 있었어.

지금 이 고통의 의미를 너도나도 모르지만, 영문을 모르겠는 이 상황에서 나는 그저 기도할 수밖에 없네. 이것 또한 지나가리라고 너는 반 주문처럼 신념처럼 다잡고 있지만 나는 정말로 정말로 그렇게 되리라는 걸 믿고 있어. 쏟아지는 비를 맞으며 감내하는 심정으로 그런 것이 아니라 진정으로 그렇게 될 거야. 희망이 너무 강하면 일희일비하게 되고, 마음은 더 가난해지는 것 같아. 다만 지나간다는 것. 변하지 않을 그 사실 하나만 재에 뒤덮여 보이지 않는 불씨처럼 품고 있단다. 그리고 그게 너에게도 힘이 되었으면 해.

네 고통을 진심으로 안타까워하고 있지만, 나는 이 정도 말밖에 해주지 못해서 슬퍼. 내가 널 얼마나 이해하고 있는지 스스로 자신이 없어서 무슨 말을 더 하기가 어렵다. 참담한 심정으로 기도하고 안타까워하는 수밖에.

너의 목표를 잘 알고 응원하기 때문에 쉽게 내팽개치라고 할 수도 없어. 무슨 말을 해줄 수 없는 내 상황이 부끄러워 선뜻 안부를 묻기도 어렵구나. 네가 얘기해줘도 내가 충분히 이해하지 못해서 자세한 상황을 알 도리는 없지만, 늘 마음 쓰고 있단다. 무슨 연애 시처럼 언제나 생각하고 그러진 못해도 하루 중에 꼭 몇 번은 너를 떠올리고 좋은 하루가 되길, 힘이 든다면 적어도 그 길 위에 예수님이 함께하기를 기도해. 그것도 아니라면 너에게 위로가 되는 사람들, 마음들이 너와 함께하길 그리고 너도 그걸 알기를 염원해. 너무 많이 쓰여 너덜해진 말일지도 모르겠지만.

너를 아끼고 사랑하는 게 분명한 사람들을 떠올렸으면 해. 그 사람들의 마음을 기억해서, 네 자존감과 네 마음을 무너뜨리는 일 앞에서 방패로 삼을 수 있었으면 좋겠어. 나도 너에 대한 애정으로 함께하고 있다고.

내 진심들이 너무 관념적이어서 잘 닿았을지 모르겠다. 나는 정말 글을 못 쓰는 것 같아. 뭔가 실리적으로 얘기해본다면, 모든 일과 상황에 우선순위를 매겨서 소수의 것만 해결하고 나머지는 너 좋을 대로 해. 모든 걸 잘하고 관계 유지도 잘하고 완벽하게 하려 하지 말고. 일만으로도 넘칠 테니까.

너는 자주 징징대서 미안하다고 하는데 그럼 너도 내가 징징대면 폐 끼치는 것 같디? 나도 딱 너만큼이야. 나한테 줄줄 읊는 게 두 번 아프고, 전문적인 업무라 이해시켜야 해서 피곤해지는 게 아니라면 나는 상관없어. 네가 나처럼 욕하면서 푸는 단순한 성격이 아니라는 게 안타깝다.

네가 스트레스 푸는 방법은 독서나 운동이라고 했지. 독서는 정신적으로 힘들 거고, 운동은 여력도 없을 거야. 사실 운동만큼 확실한 게 없지 싶은데, 그것 말고도 하나가 더 있기는 해. 힘내서라도 많이 울고, 우선 단것 좀 먹었으면 싶네.

답장 말고.

수련아. 너는 나한테 정말 무겁도록 고맙고, 소중한 존재야.

2017.8

현경이가 가톨릭교도이긴 하지만 하느님이 어떻다는 얘기

를 한 적은 그다지 없었고, 나는 심지어 내 친구가 그냥 반지 같은 것들이 예뻐서 성당 다니는 게 아닐까 하는 의심도 여러 번 했다. 나중에 현경이는, 이 편지에서 유독 하느님 예수님 타령을 한 것은 너무나 간절해서였다고 말해줬다.

그때 나는 잘 못 먹었다. 무엇도 맛이 없었다. 아니다, 맛은 알았는데 먹고 싶지 않았다. 밥을 몇 숟가락 먹으면 이내 버거워졌다. 어떤 음식도 끝까지 먹지 못했다. 체중이 줄어드는 것은 알았으나 신경 쓰지 않았다.

편지와 함께 온 한 상자의 브라우니는 모두 막대 형태였고, 알록달록하게 제각기 다른 장식이 되어 있었다. 나는 그중 하나를 꺼냈다. 그리고 아무것도 보지 않고 오직 브라우니에만 집중했다. 그 브라우니를 천천히 씹어 먹었다. 피스타치오가 섞인 그 브라우니의 단맛을 한 번 한 번의 저작을 기억할 것처럼 천천히 씹고 입안에서 녹인 후 삼켰다. 그렇게 하나를 다 먹었다.

유서는 더 이상 쓰지 않았다. 잊기 전에 119에 보내려고 예약했던 문자도 취소했다.

그 시절을 견디게 한 모든 예쁘고 좋은 것들은 현경이가 줬다. 고운 색감의 편지지, 반듯한 글씨로 정성 들여 쓴 진심, 귀엽고 앙증맞은 군것질거리, 서늘한 꽃향기가 나는 향수, 보드라운 꽃잎 장식이 들어간 입욕제. 나한테 뭐가 필요한지 꼭 매일매일 고민한 것처럼 적절한 것들을 골라 보냈다.

지친 날에는 집에 들어와 신발 벗은 힘이 가진 마지막 힘이라 그대로 현관에 드러누웠다가 잠들어 등이 배겨 깨어나곤 했다. 그러면 일어나서 현경이한테 받은 입욕제를 조금 부숴 뜨거운 물에 풀었다. 물에 들어가면 곧 가위로 잘라낸 것처럼 기억이 사라지고 차갑게 식은 물속에서 깨어났다. 침대에 누우면 잔향이 났다. 그런 날에는 잠이 잘 왔다.

브라우니는 마음이 괴로운 날마다 하나씩 꺼내 먹었다. 금방 사라지는 그 잠깐의 달콤함으로도 어떤 때는 하루를 버틸 수 있었다.

자괴감은 한 번에 끝나지 않고 머릿속에서 끊임없이 반복되며 나를 난도질하고, 곧 손바닥에 박힌 샤프심처럼 내 일부가 됐다. 누더기가 되도록 스스로를 베고 또 베면서 멈춘 시간 속을 헤매고 다닐 때, 그런 게 나를 자꾸 끌어올렸다. 따뜻한 물, 날 듯 말 듯한 향기, 혀끝의 단맛과 다정한 몇 마디.

그런 것들과 함께 그 시절을 지나왔다. 어떤 구렁텅이에 있을 때 사람을 연명시키는 것은 그런 것이다.

그때도 지금도 나는 이렇게 생각한다. 사람이 죽는 건 초개처럼 쉽고 삶과 죽음 중에는 늘 죽음 쪽이 편안하다. 삶은 늘 죽음으로 끝난다. 우리는 헤엄치기를 멈추면 죽는다는 상어 같은 것이다. 멈추면 밑바닥이고 고통은 잠깐이다. 그냥 가만히 멈춰 견디기만 하면 된다.

나는 죽음이 만연한 곳에서 오랫동안 죽음을 꿈꿨고 지금도 종종 그런다. 매일 낭떠러지를 걸어다니면서 밑바닥에서 버둥거리는 사람들을 낚아올리려고 안간힘을 썼다. 나는 가끔 내 환자들이 맞는 죽음이 그립고 부러웠다. 질투가 나서 눈물이 날 것 같았다. 죽음은 안락한 품이다. 그냥 끝이다. 좋아질 것도 없지만 더 힘들 일도 없고 슬프거나 혐오하거나 괴로워할 일도 없다. 어떤 노력은 죽음보다 훨씬 더 고통스럽다. 매일 젖 먹던 힘까지 쥐어짜 용기를 내도 하루 치 살아갈 기력이 안 나오던 나 같은 사람에게 매일은 억겁같이 막막했고 그게 나를 짓눌러 자꾸 가라앉고 싶었다.

그리고 어느 순간에 나는 알았다. 현경이가 그물을 던졌구나. 이 애는 덫을 놓듯이 신중하게 다정했구나. 그 잠깐의 다정을 갚아야만 할 것 같아서 하루 더 살게 되는 거지. 내가 없으면 밤에 혼자 잠에서 깨어 마음에 스산한 더께를 얹을 누군가를 위해 하루 더 살도록. 그래, 그냥 사는 건 잘못 선 연대보증 같은 거다. 내 탓은 없지만 그렇다고 내 빚이 아닌 것도 아니지. 억울해도 어떡하겠어. 그러고 꾸역꾸역 사는 거지. 햇살 냄새 나는 다정함을 하루 쬐고 지옥에서 천 일을 갚아나가야 한대도, 설령 포크로

떠받고 포클레인으로 퍼주게 된대도.

현경이가 그렇게 했다. 작고 예쁘고 소소한 그물을 쳐 내가 가라앉으면 나를 받쳤다. 그걸로 나는 빚진 사람처럼 살았다. 그걸 이제야 알았으니 참 똑똑하기도 하지. 걔는 어릴 때부터 그랬는데 말이다.

부모님과 함께 살려고 본가로 돌아온 후에는 새벽 출근을 할 때 택시를 탔다. 그 시간에는 다른 교통편이 없었고 병원은 교통비를 지원해주지 않았지만 그냥 탔다. 터널을 지나면 동그란 창문이 달린 건물이 나온다. 그게 보인다는 것은 병원에 거의 다 도착했다는 뜻이다. 거기서 편의점과 몇 개의 학교 건물들만 지나면 응급실에 도착한다. 나는 응급실 왼편 입구에서 내렸다. 암병원 앞에 내리면 되는데 그러지 않았다. 그 앞에서 내릴 자격이 없다고 생각했다. 그때는 그런 유의 생각을 많이 했다. 택시에서 응급실로 들어가 본관의 복도를 통해 암병원까지 가는 길은 족히 10분은 걸렸다. 걸을 때는 아무 생각하지 않으려 해도 저절로 걸음이 무거워졌다. 아스라이 멀리 있던 검은 추가 마음을 짓누르기 시작하는 순간이었다.

나는 택시 기사님의 운전이 거칠면 거칠수록 좋았다. 과속도 정말 좋아했고 무리한 끼어들기로 클랙슨이라도 듣는 날이면 마음이 설레어서 요동쳤다. 그럼에도 불구하고 나는 늘 팔다리,

어깨, 허리 어디 하나 상한 곳 없이 터널을 지나고 불 꺼진 동그란 창문을 봤다. 택시에서 내려 병원 입구로 들어갈 때마다 응급실을 애처로운 눈으로 쳐다봤다. 나는 늘 스트레처카에 실려 오른편 응급실 입구로 들어가는 날이 오기를 바랐는데, 그런 날은 오지 않았다.

그리고 천천히, 서서히 시간은 지나갔다. 어느 순간부터 나는 택시에서 내릴 때 암병원 정문 앞에서 섰다.

위태로운 날들을 견디게 해주는 것은 작고 예쁘고 소소한 것들이다. 그런 것을 나는 스스로에게 주지 않았다. 나는 그 시절 나를 괴롭히고 싶었다. 누가 뺨을 때려줬으면 했다. 다치고 싶었다. 교통사고가 나서 출근만 안 할 수 있다면 죽어도 상관없었다. 어떤 달콤한 것도 누릴 자격이 없다고 생각했다.

나는 운이 좋았다. 죽고 싶은 날들에 한 번도 내 힘으로 견딘 적이 없다. 나는 그 시절 타인의 다정에 기대어 살았다. 말 한마디, 글 한 줄, 한순간의 달콤함에 기대어 숨 쉬었다. 그래서 나는 목숨을 빚졌다. 그런 것을 현경이가 나한테 주었다. 수없는 시도를 막은 가늘고 부드러운 손길 위에 서서 이 글을 쓴다.

어떤 사정 때문이든, 힘든 계절을 살고 있을 위태로운 삶들이 무엇으로든 견뎌내길 바란다. 부디 작고 예쁘고 소소한 것들을 찾아내기를, 그런 것을 베풀어주는 누군가가 옆에 있기를, 스스로에게 그런 것을 줄 수 있을 만큼 힘이 남아 있기를 간절히 바란다. 영원 같은 고통도 언젠가 지나간다. 항상 좋지는 않지만, 좋은 날은 제라늄 향기처럼 훅 빨아들이면 잠깐 좋고 마는 환상 같은 거지만, 그것이 우리를 살게 한다.

소용돌이

저는 한계가 많은 사람입니다. 저는 이 직업을 선택하기에는 아무래도 적합하지 않은 사람이었던 것 같습니다. 제가 지금 아는 것을 이전에도 알았더라면 진로 선택이 달라졌을지도 몰라요. 그토록 많은 장애가 있을 줄은 저도 몰랐고, 그것 때문에 저 말고도 많은 사람이 답답해하며 고생해야 했던 점을 정말 죄송하게 생각해요.

자꾸 가혹하다 여겼고, 어느 때는 슬퍼 울지도 못한다는 말을 떠올렸지만 대체로는 제가 제 후배들을 대할 때 선배들을 생각했습니다. 영문도 모른 채 제 소용돌이에 휘말려 춤을 춰야 했던 선배들이요. 그게 뭔지는 몰라도, 모두가 각자의 강에서 휩쓸려 떠내려가고 있다는 것을, 그 급류는 어디서 왔는지 모르고 설명할 수 없다는 것을, 어떤 때는 어디가 강바닥이고 어디가 수면인지도 알지 못한다는 것을, 물귀신같이 나를 붙잡는 듯 보여도 정작 물귀신은 자기가 그러고 있는 줄 알지도 못한다는 것을, 나와 내 선배들의 관계를 생각하며 알았습니다. 그게 제가 평생 한 번도 가져본 적 없는 관대함을 만들어냈습니다. 그러나 그것을 아세요? 그 관대함을 만든 사람 중 당신은 없습니다.

나를 구석으로 몰아넣은 당신을 이해할 수 없습니다. 왜냐하면 당신이 내 마음을 누더기로 만들면서 준 것은 또 다른 누더기들을 찾아내는 눈이기 때문입니다. 당신에게는 나와 비슷한 시간이 없었나요? 비슷한 과정을 거쳐 선배가 됐을 당신은 내 고통을 봤나요, 보지 못했나요. 나는 여기서 이제 내 후배들의 마음을 봅니다. 그 새카맣게 가라앉은 눈들이 어떻게 상처받는지 봅니다. 나는 그러면 계단 끝에 앉아 노는 아이를 부리나케 안아 들듯이 뭐라도 하게 됩니다. 무슨 말이라도 건네게 됩니다.

당신에게 나는 사람도 아니었을까? 그런 게 궁금해요. 아니면 나도 모르는 사이 나는 무슨 지독한 잘못을 했던 걸까? 그래서 당신은 내가 죽었으면 하고 바랄 만큼 싫었던 걸까? 그런 생각을 하면 사람을 미워하게 됩니다. 그러기 싫어서 잘 생각하지 않습니다. 그냥 그 시절의 나를 쓰다듬는 것처럼 후배들한테 늘 다정하려고 애를 씁니다.

당신과의 시간이 없었다면, 나는 어떤 사람이 됐을까. 그걸 상상하는 것은 고통스러운 일입니다. 내 마음은 더 건강했을 것이고, 벼랑 끝이 어떤 모양인지 생각도 해본 적이 없었을 것입니다. 그러나 이런 가정은 의미가 없습니다. 이것들은 나를 지나쳐 갔고, 내 마음은 무른 점토판 같아서 아무리 시간이 지나도 나를 할퀴고 지나간 것들은 지워지지 않아요.

2017년을 기억하세요? 그게 당신에게 어떤 해였는지, 그날들에 무엇을 했는지 기억하나요? 나는 그날들에 죽음과 함께 살았습니다. 나는 그해에 편지를 여러 통 썼습니다. 내가 죽은 후에 엄마와 현경이가 받게 될 편지를 썼어요. 나는 그때 벼랑 끝에 매달려 있었습니다.

나는 스스로도, 다른 그 누구도 모르는 심각한 우울증을 앓고 있었고, 수면장애로 잠 없이 밤을 보낸 뒤 새벽에 출근했습니다. 엉망으로 일하고 누더기 같은 인계를 주고 매일 내 환자며 선배들에게 죽도록 미안해서 죽음으로 갚아야만 할 것 같았고, 그러고는 집에 와서 뜬눈으로 밤을 지새우고는 다시 출근했습니다.

아세요? 제가 그 강바닥에 가라앉은 것은 당신 탓이 아닙니다. 제 탓이죠. 제가 이런 사람인 것은 누구 탓도 아닙니다. 제가 이 직업을 택한 것은 제 탓입니다. 그러나 내가 빠끔대며 물 밖으로 고개를 내밀 때마다 나를 밟아 밀어넣은 것은 당신의 발입니다.

나는 그 시절에 쓴 편지들을 아직 가지고 있습니다. 사실 그 편지들은 현경이에게, 엄마에게 쓴 게 아닐지도 몰라요. 그들의 이름을 빌려 친애하는 경찰과 죽음에게 쓴 편지겠지요. 그 편지에서 당신 이름을 참 많이 불렀습니다. 나는 절벽으로 밀치던 당신의 말과 표정과 행동을 호명했습니다. 그때 나를 끌어올린 사람은 현경이고, 그래서 나는 추가로 살고 있다는 생각이 듭니다. 아세요? 나는 당신이 준 병으로 꽤 오래 고생했고 지금도 가끔 고생해요. 내가 여전히 외롭거나 쓸쓸하거나 아니면 밤에 혼자 일어나 있을 때 그 절벽을 서성이는 꿈을 꿔요. 거기에는 당신이 나와요. 나는 당신이 어쩌면 명절마다 현경이한테 감사 카드라도 써야 하지 않나 하는 생각도 해요.

제가 2017년, 2018년을 지나 계속 살아온 것을 당신은 알지도 못하겠지만, 이것은 당신의 주님이 당신에게 준 가호입니다. 내 삶은 그 전과 후가 완전히 달라져서, 다시는 그 전으로 돌아갈 수 없습니다. 나는 여전히 그 영역에 반쯤 발을 걸치고 살아요. 이 삶이 마냥 좋은지에 대해서는 대답할 수 없습니다.

그러나 당신에게는 행운이지요. 당신은 그때 나를 거의 죽였습니다. 내가 적은 내용은 소상했고 증거는 모두가 가지고 있었어요. 우리는 매일 사람이 죽는 것을 봤지만 그중에 당신이 죽인 사람은 없었잖아요. 나는 박선욱 간호사*보다 먼저 죽었을 수 있었어요. 당신 이름은 박선욱 간호사를 죽인 병원의 이름보다 더 유명해질 수도 있었어요. 그때 나는 잃을 것이 없었던 반면, 당신은 뭐든 잃었으면 좋겠다고 생각했어요.

당신을 마지막으로 본 장례식을 기억합니다. 나는 당신이 내게 말을 걸어서 놀랐어요. 당신이 우리 부서를 떠나기 전에 그랬던 것처럼 나를 없는 사람으로 대할 줄 알았거든요. 시간이 흘러 당신이 나를 조금 잊었구나 생각했습니다. 그때부터 당신에 대해 종종 생각했어요. 그 전에는 거의 5년을 당신에게서 벗어나려고 애썼습니다. '코끼리는 생각하지 마'처럼 생각이 나는 것을 막을 수는 없었지만 노력했다는 뜻입니다. 얼마쯤은 성공했어요. 당신과 함께했던 이후에도 제 삶은 퍽 바빴거든요. 그리고 시간이 거리를 만들어줬어요. 그리고 당신이 조금 작게 느껴졌습니다. 당신의 말이 아니라, 저를 경멸하던 표정이 아니라, 압도적인 짜증과 말문이 막혀 대답할 수 없도록 설계한 질문들이 아니라, 안 보이는 것들을 상상했어요. 소용돌이를요.

* 2018년 2월 15일 서울아산병원의 박선욱 간호사는 입사 6개월 만에 스스로 목숨을 끊었다. 이후 유족과 행동하는간호사회의 노력으로 간호사의 혹독한 근무 실태와 직장 내 괴롭힘이 사회적으로 조망받았고, 이후 산업재해로 판결받았다.

묻고 싶어요. 2017년을 기억하세요? 그때가 당신에게 어떤 해였는지 궁금해요. 혹시 소용돌이에 휘말려 헤매고 있었나요? 그때 당신이 물 밖으로 손을 뻗어 할퀸 게 혹시 나였나요?

나는 한 번도 본 적 없는 당신의 소용돌이를 생각합니다. 당신도 당신의 소용돌이에 휘말려 내게 칼을 휘둘렀을지도 몰라. 내가 마음이 너무 얇고 약해 너무 깊이 찢어져버린 건지도 몰라.

이제, 내가 내 어린 후배들을 이해했던 방법으로 당신을 봅니다.

당신이 밉지 않냐고 하면 아직 미워요. 가끔 내가 나를 미워하는 것보다 당신을 더 미워했어요. 내게 당신은 맥락 없는 악당이었고, 나를 완전히 바꿔놓을 만큼 그 기간은 치명적이고 또 길었습니다. 어쩌면 제가 관에 들어가 불에 타는 것만 남겨둔 때에도 당신의 얼굴이 떠오를지 몰라요.

그렇지만 시간은 물처럼 흘렀습니다.

불에 덴 것 같은 마음은 조금 평안해지고 지난날의 소용돌이는 고요해졌습니다.

당신의 마음도 언젠가 잠잠하길 바랍니다.

아가미

나는 평생을 한동네에서 살았다. 내가 태어날 때 지어져, 나와 같이 나이 먹은 1990년대 초반에 완공된 아파트. 내 부모님은 이 단지 안의 아파트들을 옮겨다녔다. 마지막 이사는 내가 열두 살 때의 일이었다. 그때 나는 처음으로 자기만의 방을 가졌다. 내 고향, 그리고 내 동네에 대한 인상은 내가 거울을 볼 때의 익숙함과 비슷하다. 거울 속에서 나이 들어가는 눈빛 한 조각, 사라지는 생기의 자취를 발견할 때와 같이 빛바랜 벽지를 마주한다. 어린 시절 아파트 앞에 자라던 나무들은 여름이면 푸른 잎을 사방으로 뻗어 바다처럼 넓은 그늘을 만들었다. 나는 창밖으로 몸을 내밀어 턱 밑에서 바람이 불 때마다 파도치는 잎사귀들을 보고 그 일렁이는 소리를 들었다. 눈을 감으면 마치 항해하는 것 같았다. 가끔 가장 높은 가지들보다 낮은 층에 사는 사람들이 아침에 창밖을 내다볼 때 가지 사이에 앉은 새들과 눈이 마주칠 것을 상상했다. 마치 물속으로 잠수해 물고기와 눈을 마주치는 것처럼.

어떤 방황의 끝에서든 돌아올 품이 있었다. 열두 살 무렵 마지막으로 이사 와 지금까지 살아온 집은 나무가 아무리 자란들 잠길 수 없을 만치 높은 곳에 있다. 맞은편에는 한때 아무렇게나 버려진 공터였던 공원이 있다. 내가 그곳을 걸으러 나가면 엄마는 베란다에 나가 나를 찾았다.

보통 새벽에 출근하면 그 공원 앞에서 택시를 탄다.

내 방은 좁고 어둡고 안락하다. 북향으로 난 창은 내 식물들에게는 늘 재앙이었으나, 내게는 안식 같은 어둠, 허파나 아가미 같은 것이다. 밤 근무를 하고 오는 날이면 그 창을 검은색 천으로 가린다. 창문을 열어두면 아가미가 들썩이듯이 천이 바람에 흔들리고, 가끔 내 뺨을 간질인다.

근래 이 집을 떠나 있을 일이 있었다. 하지만 이내 분주하고 지쳐 10년은 늙은 기분으로 이 집, 이 방으로 돌아왔다. 내 관 같은 방으로 돌아오자 알게 되었다. 아, 여기가 내 선착장 같은 곳인가보다. 그게 절망이든 혹은 어떤 가볍고 치명적인 독가스 같은 생각이든, 나를 가득 채워 바람에 너절하게 내동댕이치던 어떤 기운들에도 불구하고, 결코 휩쓸려가지 않게 비끄러매던 어떤 단단한 말뚝, 내가 기댈 언덕.

퇴근하면, 엘리베이터에서 내리자마자 터지는 환한 시야로 동네 노인정의 지붕과 기지개 켜는 나무들의 가지를 본다. 봄이면 자라나는 숲의 숨들이, 가을이면 불붙은 솜사탕들이, 겨울이면 가지마다 웅크린 빛의 덩어리들이 시야를 메운다. 나는 그것으로 시간을 느낀다. 나와 함께 나이 들어가는 집, 나와 함께 자라나는 숲과 둥지.

어린 시절 틀어박혀 라면 수프 따위를 몰래 찍어 먹던 나무 책상 아래. 힘든 날이면 거기 기어들어가 숨을 쉰다. 북으로 난 아가미가 들썩이며 빰을 간질인다.

2장

미나

미나는 눈에 띄는 환자였다.

스물여덟 살, 필리핀인. 필리핀계 한국인도 아니고, 그냥 필리핀 사람.

우선 나이부터 눈에 띄었다. 그토록 젊은 여자가 중환자실에 들어오는 경우는 대체로 이름만 들어도 숨이 멎을 듯한 끔찍한 질환과 함께다. 본인도 가족도 온 힘을 다해 쓸 만한 수단은 다 쓴 후 마지막으로 들어오게 되는 곳. 대체로 그 나이에 중환자실에 들어오는 여자 환자는 바스러질 듯 마르고, 얼굴은 뭔가 섬뜩한 것이 만들어낸 짙은 그림자로 덮여 있다.

그러나 미나는 외견상으로 아주 건강해 보였다. 기도삽관을 했고, 그에 의지하지 않고는 생존할 수 없다는 점만 빼고.

이런 사람은 대체로 자살 시도 환자다. 집에 있는 약을 죄다 끌어다 삼켜 위를 차콜로 헹구다 헹구다 입에서 질질 새는 상태로 들어오거나, 메탄올 같은 걸 먹고 정맥주사로 알코올이나 해독제 혹은 식염수를 왕창 맞으면서 들어온다. 나도 미나를 처음 보고 침상으로 옮기면서 그런 것을 예상했다. 게다가 필리핀이라니, 이 어리고 싱그러운 아가씨는 먼 타국까지 와서 왜 죽고 싶었던 것일까?

미나의 몸에는 흉터가 많았다. 이미 하얗게 살이 올라와 있었지만, 여기저기 눈에 띄었다. 미나를 중환자실 침상으로 옮긴 후 자세히 들여다보니 동그랗게 흰 흉터가 팔이며 허벅지며 목까지 있었다.

내가 물었다.

"이게 뭐죠? 되게 많네요."

"일단 나았으니 더 해줄 건 없을 것 같은데?"

차지를 맡은 선배가 미간을 찌푸리며 답했다.

마음 아픈 환자였지만, 나한테는 내 환자가 있었고, 미나는 후배가 담당하는 환자였다. 그녀를 침상에 옮겨놓고, 나는 잊어버렸다. 내 마음에서도 미나를 옮기고 잊을 수 있다면 얼마나 좋을까.

그리고 얼마 후 내가 미나의 담당 간호사가 됐다. 인계를 받으며 알게 된 진상은 더욱 처참했다. 미나의 뇌는 회복될 수 없는 상태였다. 그리고 그것은 막을 수 있었다.

미나는 숨 쉬기 힘든 증상으로 이미 응급실에 한 번 온 적이 있다. 혈액검사와 심전도, 초음파 검사 모두 비정상이었다. 미나의 심장 혈관이 막히고 있었다. 당시 담당의가 강력하게 입원을 권유했다. 그러나 미나는 입원하지 않았다.

"환자 한국말 거의 할 줄 모름, 남편이 경제적 상황을 이유로 퇴원 원하여 사회사업팀 협진 가능함을 설명했으나 거부하고 자의 퇴원함"이라고 적혀 있었다.

미나는 곧 집에서 심정지 상태로 발견됐다. 119구조대가 심폐소생술을 하며 응급실로 데려왔고, 심장은 돌아왔지만 뇌는 돌아오지 않았다. 영영 돌아오지 않을 것이었다.

그 돈이 문제였다면, 내가 대신 좀 내고 싶었다. 그런 알량한 돈 때문에 나와 같은 연배의 젊은 여자가 영원히 깨지 못할 꿈을 꾸고 있었다.

눈곱을 닦고, 대변을 보고, 가래를 뱉고, 몸을 뒤집는 일 중 무엇도 할 수 없는 미나를 닦고 토닥이고 하루 종일 돌보다가 집에 걸어오면서 바람을 맞고 햇살에 눈 찌푸리는 내 모든 일상을 미나의 잠든 얼굴에 돌려주고 싶다고 생각했다. 그런 것들을 미나한테 돈으로 사줄 수 있었을지도 모른다는 생각이 자꾸 들었다. 부질없는 생각이었다.

"선생님, 보호자가 선생님 뵙고 싶대요." 후배가 나를 불렀을 때, 올 것이 왔다고 생각했다.

"누구래요?"

"남편인 것 같아요. DNR* 서류 가져왔다는데요?"

"그래, DNR." 미나의 뇌는 이미 회복될 수 없는 손상을 입었고, 제힘으로 눈 한번 뜨지 못하고 남은 생을 중환자실에서 이어가거나, 인공 기도관을 발관하고 고통 없이 삶을 끝내는 것 외에는 다른 선택지가 없었다. 당연한 결과고, 당연한 설명이다. 더군다나 경제적 이유로 당장 망가져가는 심장조차 치료하지 않은 남편이라면 당연한 수순이다. 그런데도 화가 나는 것은 어쩔 수 없었다.

이미 단련된 친절 버전으로 그 남편이라는 사람을 대할 순 있겠지만, 마주하면 짜증이라도 좀 나지 않을까 생각했다.

그러나 연명의료 중지 신청서를 들고 찾아온 미나의 남편은

* 심폐소생술 거부Do Not Resuscitate. 근래에 들어 단순히 심정지 시 심폐소생술을 하지 않는 것 외에도 투석이나 체외 심폐순환기, 중환자실 입실 등이 무의미할 경우 치료를 거부할 수 있고, 또한 이미 기도에 삽관되어 있는 관을 제거하는 상대적으로 적극적인 연명치료 거부도 가능해졌다.

남루하고 왜소했다. 서류를 건네는 손은 주름졌고, 덜덜 떨렸다. 미나의 남편은 작고 또렷하지 않은 말투로 웅얼거렸다.

"아들이 학교를 들어가야 해요. 아들이 학교를 다니려면, 방법이 없었어요."

DNR 서류에는 환자 본인이 의식이 또렷했을 때 표명한 의사를 2인의 환자 가족이 진술하는 양식이 하나, 모든 직계 가족이 DNR에 동의하는 양식이 하나 있다. 미나의 남편이 내민 서류는 직계 가족 중 성년이 된 이들이 모두 DNR에 동의하는 양식이었다. 거기에는 남편 이름만 덩그러니 올라와 있었다.

남편은 말을 끝내고 나서도 할 말이 남은 것처럼 주저했다. 입술을 달싹거리고, 망설이다가, 눈시울이 붉어졌다. 하얗게 센 머리카락을 보며, 나는 DNR 서류를 받아들고 아들이 몇 살인지 물었다.

"여덟 살이요."

그러면 미나는 스무 살에 아기를 낳았겠구나, 하고 생각했다.

먼 나라에 와서 나이 든 남자와 결혼해 스물에 아이를 낳아 길렀고, 이제 아들을 학교에 보낼 돈이 필요해 죽어야 한다. 그 삶이 너무 고단해 화가 나지만 그 낡은 재킷을 입은 초라한 남자에게 무슨 말을 한단 말인가. 나는 안녕히 가세요, 라며 웃는 낯으로 인사했다. 무슨 일 있으면 연락 드릴게요, 하고 뒤돌아서

면서 내내 착잡했다.

미나의 오빠가 찾아온 것은 그 직후였다. 동생 소식을 듣고 필리핀에서 바로 비행기를 타고 왔다던 그는 확신에 차 있었다.

"미나를 필리핀으로 데려갈 거예요."

통역사의 도움을 얻어 미나의 첫째 오빠라던 그가 한 말은 이것이었다. '가족'이 돌보겠다는 것.

"미나의 남편이 미나 앞으로 생명보험을 들어뒀어요. 그걸 받으려고 미나를 죽이려는 거예요."

울음이 섞였지만 단호한 첫째 오빠의 증언 이후 우리는 혼란에 빠졌다.

"아니, 그럼 자의 퇴원이 일부러 그런 거였어?"

"일단 직계 보호자가 남편이고 오빠는 방계니까 우리나라에서는 남편 서류만 효력이 있는데, 그럼 DNR는 어떻게 되는 거야?"

"아니, 오빠는 살리고 싶다는데 지금 익스투*를 하면 안 되는 거 아닌가?"

"글쎄, 일단 큰오빠 말이 맞긴 맞는 거야? 미나는 한국 국적이 아닌데, 생명보험을 들 수 있나?"

* Extubation. 기도 유지를 위해 삽입한 관의 제거.

"그런데 왜 한국 국적이 아니지? 결혼하면 한국 국적 되는 거 아냐?"

"남편이 비자를 받아줘야 한국 국적이고 안 해주면 안 된다던데?"

"아니, 그런데 필리핀까지 미나를 데려가려면 어떻게 해야 해? 앰부를 짜야 되는데 앰부 짜면서 비행기를 타나? 병원에서 공항까지 한 시간, 수속 두 시간, 필리핀까지 가는 데 네 시간, 필리핀 병원까지 대충 한 시간이다 치면 아무리 빨라도 여덟 시간은 걸리는데 두 명이 교대로 짜야 되지 않을까?"

혼돈 속에서 우리는 미나가 입원한 후부터 지금까지의 기록을 샅샅이 훑었다. 기록들을 종합하자 윤곽이 잡힌 남편의 진술은 다음과 같다.

1. 미나의 남편은 미나와는 재혼으로, 전처와 전처의 자녀들에게 양육비와 위자료를 내야 해서 경제적으로 빈곤함.

2. 사업을 하던 10년 전 필리핀에서 미나를 만나 연애 후 결혼.

3. 미나와 결혼 후 현재는 직장을 잃어 일용직 근무 중.

말이 없는 미나는 그림처럼 누워 있고, 진술은 모두 남편에게서 나왔으니 어디까지가 진실인지는 모르나 미나는 남편의 후

처라는 것, 그리고 10년 전 남편과 결혼했다는 것은 확실해졌다.

10년 전이면 미나는 열여덟 살이었다. 남편은 지금 족히 쉰은 넘어 보였으니 그때도 마흔은 넘었을 것이다.

한숨 나오는 상황이었으나, 우리의 사적인 판단과 옳고 그름에 대한 잣대가 환자의 치료에 개입되어서는 안 된다. 그저 우리 마음이 몹시 술렁거려 공감하고 슬퍼했을 뿐이다.

우리는 큰오빠에게 미나의 남편과 대화해 결론짓기를 권했다. 심지어 한국인도 아닌 미나에게, 한국에서의 직계라고는 남편밖에 없으니 당연한 일이었다.

결정하는 데는 오래 걸렸다. 주치의도, 레지던트도 곤란하고, 모두가 곤란했다. DNR는 잠정 취소되고 미나의 오빠는 여동생을 필리핀으로 데려가겠다고 줄기차게 주장했으나, 필리핀에서 미나가 지낼 병원도 구해지지 않았다. 우리는 그동안 그를 돌보았다. 낡은 재킷을 입고 말을 더듬는 남편은 그사이 아이를 학교에 보냈다. 그리고 미나의 '가족들'은 상황을 느리게 받아들였다.

그들에게는 솔로몬 왕의 지혜가 필요했다. 미나를 위한 것이 무엇인가를 먼저 생각해야 했다. 당장 그가 처한 상황을 고려하면 기관발관을 해 편안하게 해주는 것이 맞았다. 우리가, 혹은 필리핀의 어느 병원이 그를 얼마나 잘 돌보든 그것은 의미 없는 연명이었다. 언제까지 이어질지 모르는, 제힘으로 기침 한번 할 수 없는 갇힌 삶을 사는 것은 미나에게 고통일 것이었다.

사실상 우리의 기다림은 미나의 큰오빠와 필리핀의 가족들이 그것을 받아들일 때까지를 위한 것이었다. 큰오빠는 미나의 남편에 대한 원망과 보험금 부당 취득에 대한 의심을 버리지 못했다. 그 점은 우리도 마찬가지였다. 족히 서른 살은 차이 나는 나이, 십대에 결혼한 여자아이, 한국말은 거의 못했다던 기록과 남편이 주장했다던 자의 퇴원. 부인이 도망갈까봐 혼인신고를 하지 않는다던 매매혼 남편들의 이야기가 우리 마음속을 더 어지럽혔다.

미나의 큰오빠는 미나의 껍데기만 여기 남아 있고, 미나는 없다는 사실을 몇 달에 걸쳐 고통스럽게 받아들였다.

미나는 죽었다.

그걸 받아들이는 데는 우리에게도 시간이 필요했다.

그리고 여기에 미나의 뜻은 하나도 없었다. 어떤 지혜도, 어떤 결정도 그에게서 나오지 않았다. 그의 큰오빠는 눈물과 괴로움 속에서 그를 위해 결정했다. 그의 나이 든 남편은 묵묵히 그것을 받아들였다. 맞는 결정이었다. 나 또한 그렇다고 생각했지만 미나는 아무 결정도 하지 못했다는 걸 생각할 때마다 외로워졌다.

미나를 보내고 어느 날 문득, 나와 함께 처음 미나를 옮겼던 선배가 생각났다는 듯 말했다.

“전에 네가 미나한테 있는 흉터들 뭐냐고 물었잖아?”

“어, 그거 기억하세요?”

선배가 그때처럼 다시 미간을 찌푸렸다.

“그거 화상이야. 담뱃불로 지진 흉터야. 누가 그랬겠니?”

이미 지난 일이다. 미나는 지나갔다. 그는 내 마음에 그한테 있었던 화상 흉터처럼 남았다.

나는 어떤 때, 이를테면 햇살 좋은 봄날 걷고 있을 때나 밥 먹을 때 불현듯 미나가 떠오르고, 이내 미나의 삶을 생각하지 않으려고 애쓴다. 그의 삶을 생각하는 것은 내 마음을 불로 지지는 것 같다.

그의 남편이 내게 서류를 내밀었을 때, 그 떨리는 손은 뭐였을까. 진심이 조금도 없었을까?

진심을 원하는 것은 자꾸만 인류애를 바라는 내 미련일 뿐일까, 아니면 미나의 삶에 대한 연민일까.

아버지에 대하여

아버지들에 대해 할 말이 있다.

중환자실에는 많은 아버지가 들어온다. 환자로 들어올 때도 있고 보호자로 들어올 때도 있다. 보호자로 들어오는 아버지들은 더 젊고 솔직한 사람들이며, 감정과 사랑을 다루는 데 더 능숙한 경향이 있다. 딸이 환자로 들어왔을 때 보호자로 따라오는 어떤 아버지들은 보석 같은 딸이 앓아누운 병동 앞을 떠나지 못해 서성거린다.

코로나19 이후로 중환자실에서 가장 크게 바뀐 풍경이 있다면 면회 제한이다. 중환자실은 면역력이 몹시 떨어진 환자들이 머무는 곳이고, 조금의 위험 감염원이라도 차단해보고자 하는 노력의 일환으로 결정된 사항이나, 모두에게 쉽지는 않았다. 아무리 면회를 제한해도 임종이 가까운 환자의 면회조차 막을 순 없으니 임종 면회를 위해 가족들이 일정 기간 이내의 코로나19 검사 결과지를 가져와야 했고, 검사 비용이 무료가 아니게 된 후에는 상황이 더욱 곤란해졌다. 급하게 면회를 해야 할 일이 생겼을 때는 신속 검사를 위해 가족들이 모두 비용을 지불해야 했다. 만만치 않은 액수였다. 목숨이 경각에 달린 환자를 보려면 비용을 지불하세요, 라고 하는 것 같아 마음이 늘 편치 않았으나 요구를 해야만 했다.

환자가 위급한 상황이 아니라면 아무도 면회를 할 수 없었다. 보호자들은 아침에 병원으로 와 회진을 기다리고 주치의에게 환자 상태에 대한 설명을 들었지만 얼굴을 보지는 못했다. 이전이라면 면회 시간에 맞춰 들어오는 보호자를 맞았을 우리는 그들을 만나기 위해 전화하고, 병원에 와 중환자실 앞에 마련된 가족 대기실에서 기다려달라고 말한다. 동의서를 받기 위해, 혹은 뭐든 설명하기 위해 우리는 가족 대기실로 나가서 그들을 만났다.

그의 딸은 어려운 시기를 막 지났다. 그날 아침 삽관했던 기도관을 제거하고 스스로 숨을 쉬고 있었다. 통증이 만만치 않았을 것이나 본래 순한 성격인 듯했다. 아프지 않냐고 물으면 조심스럽게 답했으나 묻지 않으면 아픈 것을 자꾸 참았다. 우리가 무엇을 해줘도 "감사합니다"라고 조그맣게 말했다. 이런 환자는 드물어서 자꾸만 뭘 더 해주고 싶었다.

많이 좋아졌고, 곧 퇴실도 가능해지겠지만 격리는 계속해야 한다. 1인실을 써야 할 것이고, 비용은 일정 기간까지는 감면될 것이나 일정 기간이 지나고도 1인실을 사용한다면 비급여로 처리된다. 1인실 비용은 하루에 얼마가 든다. 병원에서 이런 유의 내용은 주로 우리가 설명했다. 사실상 우리가 하는 일 중 가장 많이 신경 쓰이고 손 가는 일이다. 직접 간호가 아니라 물건을 뭘 썼고 병원비가 얼마, 약제비가 얼마, 무균식염수가 충진된 시린지는 하루에 몇 개까지 급여 처리되는지, 그게 급여 처리되기 위해서 환자 상태가 어때야 하는지, 이런 내용을 외우고 맞게 입력하느라 머리가 셀 지경이다. 종종 몇 주 전에 사망해서 퇴원한 환자의 가족에게 전화해 비급여 처리된 처치 재료 하나가 정산되지 않았으니 결제해달라는 전화를 해야 한다. 그런 전화를 할 때는 미안해서 차라리 내가 내버리고 싶다. 어떤 사람은 비급여라는 설명을 듣지 못했다며 중환자실로 전화해 그 돈은 못 내겠다고 항의한다. 그런 일은 그 일을 잘못 처리한 간호사 본인이 아니라 그 듀티에 근무하던 운 나쁜 책임간호사가 뒤집어쓴다. 그래서 이런 일은 한 번에 제대로 처리해야 한다.

전산상으로 주 보호자는 아버지, 계속 대기 중이라고 되어 있었으나, 언제까지 대기 중일지는 모르는 일이다. 미루다가는 막상 동의서를 받으려 할 때 아무도 없는 경우가 많아 나는 투약을 끝내자마자 동의서를 미리 챙겨 나갔다.

그 아버지는 늘 거기에 있었다. 그러나 가족 대기실에 있지는 않았다. 내가 그를 찾아 대기실로 갔을 때, 대기 중이던 다른 환자의 가족이 말했다. "그 사람 밖에 서 있어요."

그는 벽에 손을 대고 기대서 있었다. 경건하게 느껴질 만큼 진지해 보였다. 눈을 감고 가만히 기대어 있는 그에게 말을 거는 것이 방해될까봐 나는 그 옆에 가 잠시 시간을 보냈다.

그가 눈을 떠 나는 필요한 내용을 설명하고 동의를 받은 후 말했다.

"선생님, 아시겠지만 조금만 더 가시면 오른쪽이 가족 대기실입니다."

"아, 혹시 제가 여기 있으면 안 되나요?"

"그런 건 아니지만, 앉아 계시면 더 편하실까 해서요."

"아뇨, 그런 것은 괜찮습니다. 신경 써주셔서 감사합니다."

그는 벽에서 손을 떼지 않았다. 나는 목례를 하고 긴 복도를 지나 중환자실 정문으로 다시 들어왔다. 격리 병실 몇 개를 지나 그의 딸이 누운 병실로 들어서며 나는 깨달았다. 환자의 머리맡을 가로막은 콘크리트 벽 너머에 아버지가 손을 대고 기대서 있는 것이다. 그는 벽을 사이에 두고 딸 옆에 서 있었다. 실제로 가닿지도 않고 보이지도 않을, 여기 누운 딸은 알지도 못할 그 온기를 끊임없이 콘크리트 벽에 가져다 댄 채 나누고 있었다.

급한 일을 끝내자마자 딸인 환자에게 말했다. "내일이면 아버지를 볼 수 있겠지만, 지금 보이지는 않아도 머리맡에 서 계세요. 아버지가 많이 보고 싶어하시는데, 통화할 수 있겠어요?"

병실 안에 비치된 전화기로 그의 아버지에게 전화를 걸었다. 신호가 가자마자 "여보세요" 하는 긴장된 목소리가 들렸다. 전화를 바꿔주고 병실을 나왔다. 수화기를 환자에게 건네기 직전까지 수신구에서 계속 감사하다고 말하는 아버지의 목소리가 들렸다.

지금은 그 어리고 예쁜 딸이 한점 우려되는 곳 없이 건강하길 바란다. 다시는, 다시는 돌아오지 않기를 바라.

어떤 아버지들은 환자로 들어온다. 이 경우 아버지들은 상대적으로 나이가 많다. 왜 이토록 서툰 아버지가 많아야 하는지에 대해 이야기하려면 한국 근현대사를 헤집어야 할 테니 내가 직접 본 것에 대해서만 말하겠다.

중환자실에서는 오직 그때, 나만 할 수 있는 일이 있다. 상황이 나빠지면 모든 것이 급박하게 돌아가기 때문에 거기 휘말리지 않을 정신머리가 요구된다. 나는 연차가 적을 때 이런 점까지 고려하지 못했다. 연차가 좀 올라가고 나서는 어느 정도 감이 생겼다.

폐가 아주 나쁜 환자들이 있다. 폐암일 때도 있고, 다른 곳이 원발인 암이 폐로 전이되기도 한다. 간질성 폐질환이거나 이식 후 부작용으로 폐가 망가지기도 한다. 특히나 암이라면 이식 같은 해결책은 당연히 불가능하다. 이런 환자들의 폐가 악화될 때, 동맥혈 수치가 점점 나빠질 때, 흉부 엑스레이를 켜서 보고 우리는 안다.

여기서 조금만 더 나빠지면 기관삽관 말고는 답이 없을 것이다. 기관삽관은 급박하게 진행된다. 이 지경에 이르면 환자들은 이산화탄소 농도가 올라가 제정신을 못 차리고, 삽관을 진행할 의사는 여유가 조금 나면 보호자에게 전화를 걸어 빠르게 상태를 브리핑하고 나서, 혹은 설명할 틈도 없이 무조건 삽관부터 한다. 인공기도를 고통과 저항 없이 삽입하기 위해 근육을 마비시키고 환자를 재우는 약을 사용한다. 인공호흡기가 대신 숨을 쉬기 시작하면 진행성 암을 가진 환자들은 대개 그대로 악화된다. 어느 날에는 조금 나아질 수도 있다. 그러나 약해진 면역력을 뚫고 염증이 생기고 낫기를 반복하다가 2주가 넘어가면 기관절개관을 만들며, 어떤 환자는 그만큼도 견디지 못한다.

지금이 지나가면 기회가 없을 거라는 감이 올 때가 있다. 그 때는 빨리 움직여야 한다. 나는 그 감이 오면 일단 급한 일을 뺀 다른 일은 다 미루고 환자 옆에 비치된 전화기로 보호자에게 전화를 건다. "아버님, 지금 보호자분이랑 통화하실 건데 어떤 분이랑 하고 싶으세요?" 답은 부인일 때도 있고, 딸이나 아들일 때도 있다. 신호음이 가는 동안 빠르게 환자에게 을러댄다.

"전화 연결되면요, 사랑한다고 하셔요. 아셨죠? 꼭 사랑한다고 하세요."

그러면 그 서툰 아버지들은 꼭 이런다.

"어…… 야, 밥 먹었냐?"

그러고는 한참 있다가 말한다. "응, 나는 괜찮다." 이어서 몇 마디 하다가 끊는다. 그게 아버지의 마지막 목소리가 된다.

아니면 이런다.

"그 두 번째 서랍에 인감도장이랑 위임장 있는데 그거 가지고 은행 좀 갈 수 있겠냐?"

뭐 대략 이런 내용이다. 그게 아버지의 마지막 유언이 된다. 그래서 어쩔 수 없이, 환자나 보호자가 겁먹을지도 모른다는 사실을 알더라도, 윽박질러야 한다. 좀 급하게 한다. 영 못 미더우면 통화가 연결된 후 바꿔주기 직전까지 한다.

"사랑한다고 하세요. 아버님 지금 말씀하세요."

우리네 그 세대 아버지들은 많이 무례하다. 대부분 서툴고 어떤 사람은 인내력이 없으며 어떤 사람은 숨 쉬듯이 모두를 깔본다. 그러나 그들도 그때가 되면 예외 없이 이 어린 여자가 맹렬히 윽박지르는 말에 따라준다. 오직 그때만큼은.

많은 딸은 이 세대의 아빠들과 사이가 좋지 않다. 사이가 좋으려면 대체로 딸들의 용서, 혹은 아빠들의 변화, 그리고 시간이 요구되거나 혹은 그 모두가 요구된다.

나는 나의 아빠와 일생 사이가 좋지 않았다. 성인이 된 후 아빠와 몇 년간 말도 섞지 않은 때도 있었다.

아빠는 나와 모든 점에서 의견이 달랐다. 아빠가 용서를 택할 때마다 나는 뛰어나가 싸웠고, 아빠가 지지하는 대통령에 반대해 나는 광화문과 시청 일대에서 밤을 지새웠다. 아빠가 관료제 사회의 일원으로 일생을 사는 동안 딸은 붕대와 주사기 따위를 짊어지고 전쟁터를 쏘다니는 사람들의 이야기를 읽으며 언젠가 자신도 그런 이야기를 쓰기 위해 공부했다. 아빠만큼 나랑 다른 사람이 또 있을까. 정치적 이견으로 언성을 높이는 날이면 엄마는 심상하게 TV를 켰다. “나가서 싸워, 나가서.” 여러 번 반복되어 가락까지 붙은 말을 잊을 만할 때마다 던지면서.

아빠는 자기 세대의 아버지들처럼 나와 내 오빠를 키웠다. 많이 때렸다는 뜻이다. 아빠는 그렇게 생각하지 않는다. 아빠가 자라던 때에 비하면 나는 맞은 것도 아니니까. 그러나 나는 성인이 된 후에도 누가 손을 가슴 위로만 올려도 반사적으로 오그라들고 큰소리가 나면 마음에 얼음물을 맞은 것처럼 싸늘해진다. 앞으로 평생 그럴지도 모른다. 우리가 학창 시절을 지날 때 아빠는 자식들 성적표를 보면 어떻게 우리 마음을 다 긁어놓을 단어를 찾을 수 있을까 퇴근 전에 고민하고 오시는 듯했다. 나는 스무 살부터 서른이 될 때까지 어떻게 하면 내가 체득한 폭력성과 경쟁심과 거친 단어들이 튀어나가지 않게 조절할 수 있을까 생각했다. 어떻게 하면 아빠가 키운 그런 내가 아니라 다른 나일 수 있을까를 고민했다. 이런 고민이 우리 세대에서 흔한 고민인 것을 안다. 아빠가 특별할 것 없는 아빠라는 점도 안다. 그 세대의 많은 어른은 완전한 어른이 되기에는 트라우마를 심하게 겪었다.

예전에, 아마 내가 20대 초반이었을 때, 교육방송 채널에서 하는 육아 관련 프로그램을 부모님이 나란히 앉아 시청하고 계셨다. 엄마가 말했다.

"내가 애들을 키울 때 저걸 몰랐어. 그래서 저 애가 저렇게 된 것 같아."

아빠가 말했다.

"계모가 나한테 딱 저렇게 했어."

우리를 키운 방식으로 치자면 부모님 두 분이 크게 다를 바 없다고 생각하지만, 그때 나는 알았다. 나를 낳고 키웠을 때 아빠는 어른이 아니었구나. 아빠는 예순이 다 될 때까지도 계모에게 얻어맞고 강둑을 헤매던 학대받는 어린 아들이었고, 무엇을 볼 때 아빠의 아들딸에게 해줄 것보다 계모가 해주지 않은 것을 떠올리는 가여운 아이였다. 내 아빠인 매 순간에도 내가 가진 것을 아빠가 어릴 때 가지지 못한 것과 비교했겠구나 싶어 그런 아빠가 된 이유를 알게 되었다. 나를 돌볼 필요가 없어서가 아니라, 소중히 돌봄 받지 못한 더 약한 어린애가 마음속에 있어서라는 것을 그때 알았다.

그제야 나는 내가 자녀를 온전하게 기를 수 없다는 것을 알게 되었다. 나 또한 생애 동안 온전한 어른이 되기는 버거울 것 같아서. 아직도 어떤 이야기를 들을 때, 어떤 슬픔을 볼 때 내 안에서 가여운 아이가 주저앉는 것을 알아서.

내가 아빠와 유전적인 요소들 말고도 닮은 점이 많다는 사실을 알게 된 것은 내가 서른이 넘고, 아빠가 직장에서 은퇴하면서였다. 아빠는 안간힘을 써도 힘으로는 팔척귀신처럼 훌쩍 자란 아들을 이길 수 없고, 말로는 각종 실전 싸움으로 다져진 딸을 이길 수 없게 되자 조금 쓸쓸해 보였다. 그리고 아빠는 살면서 엄마를 이겨본 적이 한 번도 없다.

아빠에게는 장애가 있다. 아빠는 그 이야기를 자기 의지로 꺼낸 적이 없다. 아빠가 걸을 때 왜 몸의 여러 부분을 가누지 못하는 것처럼 휘청거리는지, 식사할 때 왜 입을 다물고 씹는 것이 어렵고 음식을 흘리는지, 설거지하거나 청소할 때 왜 헛손질을 하고 시간은 두 배나 걸리는지, 왜 말이 어눌한지, 글 쓸 때 흐르는 필체를 알아보기가 왜 어려운지, 나는 그 이유를 몰랐다. 내가 열댓 살쯤 됐던 해의 추석 때 친척 어른이 아빠에게 말했다.

"주인이도 장애인 등급 받아서 혜택 좀 받아봐. 요즘 좋다던데."

내가 놀라 잠깐 헤매는 사이에 아빠가 "아니요"라고 했던 것 같다. "왜? 등급이 안 나오나?" 어른이 묻자 아빠가 말했다.

"판정을 받으면 6급이 될 거예요. 그런데 그렇게 하지 않을 겁니다."

지금 내가 적은 문장처럼 매끈하지는 않게 아빠가 대답했다. 아빠는 말을 더듬는다. 그러나 단호했다. 아빠가 말끝을 흐리는 것을 본 적이 없다. 너무 단호해서 심지어 나랑 전화할 때도 용건이 끝나면 냅다 끊어버렸다.

아빠에게 뇌병변 장애가 있을 수도 있다는 사실을 알게 된 것은 그때였다. 아빠는 그 사실에 대해 자의로 이야기한 적이 없고, 장애로 진단받으려고 한 적도 없다. 아빠는 일평생 자기 페

널티를 인정하는 법을 몰랐다. 그게 반칙이라고 생각하며 살았다. 어눌한 말투를, 말더듬증을 극복하기 위해 매일 한 시간씩 소리 내어 글을 읽고도 일상의 대화에서조차 말을 더듬었다. 그리고 이튿날 아침이면 다시 소리 내어 글을 읽었다.

아빠는 이해가 가지 않으면 손으로 적었다. 이면지가 무릎 높이까지 쌓였다. 그래서 우리 집에는 늘 이면지가 많았다. 틀리고 수정하기를 반복한 문장들이 가득한 종이를 모아 타이핑한 게 아빠의 석사 학위 논문이다.

아빠는 전신에 뼈가 드러나도록 말랐다. 나도 비슷한 체질인데, 나는 초등학교를 졸업할 때까지 몸 전면에서 흉골에 붙은 갈비뼈들이 드러나 보이는 것이 당연한 줄로만 알았다. 아빠와 나는 지금도 그렇게 생겼다. 그러고도 몸에 체력이 남아도는 사람이 있을 수 있겠지만 나나 아빠는 그런 체질이 아니었다. 아빠는 평생 밥을 고봉으로 퍼먹고 퇴근하고 집에 오면 운동장에 나가 달리기를 했다. 기우뚱한 자세로, 그게 걷는 것인지 뛰는 것인지 알 수 없는 속도여도 뛰었다. 날씨가 궂지만 않다면 하루도 빼먹지 않았다. 온몸이 땀으로 척척하게 젖어서야 집에 돌아왔다. 그렇게 체력을 만들고 일하고 학위를 따고 야근하고 승진을 했다. 은퇴할 때는 대통령에게 상패도 받았다.

그게 아빠의 삶이다. 아빠는 변하지 않을 것이다. 그렇게 살아온 사람에게 자식새끼들의 알량한 대거리가 얼마나 건방지게 들렸을지, 분노가 치솟았을지 이해하는 것은 내게 서른이 넘어서야 가능해졌다.

이해와 용서는 다른 것이기 때문에, 내가 두들겨 맞은 세월과 멱살과 내 얼굴에 튄 침과 치약, 협박을 용서하기 위해서는 또 다른 꼭지가 필요할 것이기 때문에 아직은 여기까지다.

그러나 시간에 대해서는 할 말이 있다.

일터에서 종종 퉁퉁 불어 피투성이인 아빠들과, 중환자실 밖에서 통곡하는 딸들의 비명을 듣는다. 너무 큰 고통에서 나오는 소리는 사람의 울음이 아닌 것처럼 들린다. 이지理智가 없는 짐승을 산 채로 불에 올리면 날 법한 소리다. 듣는 것만으로 온몸의 세포가 오그라드는 듯한 못 견디게 괴로운 비명. 사람의 깜냥으로 감당할 수 없는 슬픔은 듣는 이의 마음을 찢어놓는다.

나는 자주 이런 생각을 했다. 과거의 질척한 원망은 잊어버릴까. 시간이 빨리 감기 됐다고 생각할까. 그냥 옆집 아저씨 걱정하듯이, 저 양반 밥은 먹었나, 배 속에 중병은 없나, 그런 것들을 소소하게 걱정하면서 몇 번 투닥거리고, 나는 토사물 맛이 조금 난다고 생각하지만 아빠는 곡차라고 변명하던, 심지어 요즘은 당뇨 고혈압 때문에 엄격한 감시를 받아 병아리 눈물만큼 마시는 막걸리나 같이 한잔하고. 아니 아빠는 반 잔만 하고.

그냥 내 마음이 과거 어느 한때에 틀어막혀 너무 아프고, 도무지 빠져나올 수 없더라도 그냥 빨리 감기 해서, 억지로라도 빠져나오면 안 될까. 그러지 않으면 현실의 시간이, 실제의 시간이 빨리 감기 한 것처럼 성큼 다가와버리는 것을 안다. 그리고 짐승의 시간이 온다. 그러면 돌아갈 수가 없다.

영광과 시간

아마 유명한 교수라고 했던 것 같다. 나는 인계받을 때 스쳐 가며 읽었던 문장들을 떠올리기 위해 애를 썼다.

유명한 교수, 정치인, 예술가, 병원장 지인, 심지어 외국인 정치가까지 온갖 VIP가 저마다 메모 한 칸을 차지하고 있어도, 중환자실에서 그런 것은 크게 의미가 없다. 우리는 똑같이 환자를 돌본다. 우리가 환자를 생각할 때 먼저 떠올리는 것은 재산 규모, 의료 급여 여부, 사회적 지위 따위가 아니다. 주 진단명, 나이, 성별, 주치의다. 이 말은 누구에게도 특별 대우를 해줄 수는 없다는 뜻이다.

"부탁드릴게요, 선생님 좀 보게 해주세요."

키 큰 여자가 내 팔을 붙잡고 울부짖었다. 주변을 둘러싼 열댓 명은 될 여자들은 저마다 얼굴이 눈물로 엉망이었다. 무슨 과 교수라고 했더라? 미술이었나, 음악이었나? 부질없이 떠올리며 나는 같은 말을 반복했다.

"모두 들어오실 수는 없어요. 형평성에도 어긋나지만 재원 중인 환자들에게 좋지 않습니다. 죄송합니다."

고작 하루에 두 번, 20분에 불과한 면회 시간은 종종 여러 사람에게 가혹하다. 목숨이 경각에 달린 환자의 보호자들에게는 특히 그렇다. 그들에게는 조금의 시간도 아쉬울 테고, 가능만 하다면 환자 곁에 종일 있고 싶을 것이다.

그러나 방법이 없다. 중환자실에는 면역력이 저하된 환자들이 있고, 시간을 불문하고 처치가 이어지며, 종종 이 일은 면회 시간 중에도 지속된다.

면회가 끝나면, 양해를 구하며 보호자들을 밖으로 안내하는데 그 순간에도 보호자들은 면회 때 끼었던 장갑을 벗은 손으로 안타까워하며 환자를 한 번 더 쓰다듬는다. 그러면 손을 다시 씻어야 하지만, 담당 간호사가 다른 환자의 처치로 바빠서 방 안에 있지 않았다면 그냥 나가게 된다. 그럼 MRSA(메티실린 내성 황색포도알균)나 VRE(반코마이신내성장알균) 묻은 손이 사방을 돌아다니게 된다. 고작 20분의 면회 시간에도 한순간만 눈을 떼면 그렇게 된다. 하물며 면회가 더 길다면 어떻겠는가.

면회는 모든 것이 다 궁금한 보호자들의 질문을 받는 시간이기도 하다. 그러나 처치 중일 때는 그럴 수가 없다. 만약 면회 중에 환자의 산소포화도가 급격히 떨어지며 의식이 소실되고 기관삽관을 긴급하게 해야 하는 상황에 처한다면, 보호자는 불안으로 질문이 가득해지겠지만 담당 간호사는 당장 거기에 답하다 처치를 지연시킬 수는 없다. 그러나 24시간 어느 때나 긴급한 상황은 벌어지고, 중환자실은 바로 이를 위해 예비된 곳이다.

대체로 면회를 제한하는 이유는 위와 같다. 어떤 보호자들은 면회를 제한해놓고 '너희가 환자에게 무슨 짓을 하는지 어떻게 아느냐'고 물을 때가 있다. 안타까운 일이지만 어쩌겠는가. 중환자실에 입실할 만한 환자는 모두 언제든 긴박한 처치를 필요로 하게 될 수 있고, 그 가능성을 근거로 중환자실에 들어왔다.

나는 붙잡는 손들을 뿌리치며 거의 도망치듯 중환자실 문 안으로 몸을 끼워넣었다. 당장 임종을 생각해야 할 만큼 상태가 나쁜 것은 아니지만, 아마 환자는 호전되기 어려울 것이다. 환자가 필요로 하는 산소 농도는 매일 올라가고 있었다. 이제 70퍼센트, 암이 폐에 꽉 찼고, 폐에서는 이미 곰팡이균이 나왔다. 이전에 항암치료를 하며 떨어진 면역체계로는 아무리 항생제를 써도 매일 나빠지기만 했다. 아마 조만간 위중해질 것이었다.

환자가 중환자실에 들어오고 나서야, 환자의 조교는 환자의 제자와 가족들에게 비밀을 누설했다. 아마 그 불쌍한 조교에게 본인의 병과 입원 여부를 비밀로 해달라고 신신당부했던 모양이다. 묵직한 비밀을 오래 품고 있었던 조교는 순식간에 폭풍 속으로 휘말렸다.

환자 가족은 모두 미국에 있다고 했고, 제자는 한없이 많았다. 결국 오늘 면회를 들어온 사람도 환자의 조교였다. 다른 제자들의 질문과 은연중 품은 비난에 한참을 시달린 그는 퉁퉁 부은 눈으로 힘없이 걸어 들어왔다. 그를 둘러싸고 제자들은 제발 들어가게 해달라고 붙잡았지만 모두 거절해야 했다. 어쩔 수 없었다. 보호자는 오로지 한 번에 한 명, 하루에 두 번, 각 20분. 제자들은 환자를 자유롭게 보지 못하는 상황이 돼서야 젖은 얼굴로 끝없이 밀어닥쳤다. 아마 좋은 스승이었던 것 같다고 생각했다.

저녁 6시 투약을 마치며, 단 20분간의 면회를 끝내는 환자의 조교라던 이에게 상황을 물었다. 얼마나 많은 사람이 면회를 원하나요?

"가능만 하다면, 선생님 제자들은 다 뵙고 싶어해요. 혹시 가능한가요?"

그가 간절히 물었다. "아직 모르겠어요." 내 대답에 그의 안색이 곧 시들었다.

그 환자를 담당한 간호사들은 내내 그의 제자들에게 시달렸다. 이해 못 할 바는 아니라서 안타깝고 안쓰러웠으나, 함부로 규정을 어길 수도 없는 노릇이었다. 미국에 산다던 가족은 비행기 티켓이 구해지는 대로 모두 오겠다고 했고, 며칠간 교대로 늘 들어오던 조교 대신 다른 제자들이 들어왔지만 매일같이 중환자실로 찾아오는 제자는 족히 수십 명은 되는 듯했다. 빗발치듯 쏟아지던 전화는 업무에 방해된다는 설명 이후에 조금 잦아들었지만 문 앞에라도 있겠다는 이들을 어찌할 방도는 없었다.

"딱 한 시간만 환자를 보게 해주면 어떨까요?" 그가 나간 후 조심스럽게 차지 간호사에게 물었다. 형평성에는 어긋나지만, 아마 환자는 이대로 회복되기 어려울 테고, 대체로 환자들은 병이 진행될수록 알아보기 어려울 만큼 외양이 나빠진다. 조금이라도 상태가 괜찮을 때 마지막 모습으로 간직할 기억을 남겨주는 것은 환자도 바라는 바가 아닐까.

감염 예방에 썩 도움이 되는 것은 아니겠지만, 젊은 사람들이니 손 위생이나 보호구 착용 교육도 어렵지 않을 터였다. 보호자들이 울부짖는 소리 때문에 맞은편 병동에서 들어오는 민원 전화를 몇 번씩 받아야 했던 차지는 골똘히 생각에 잠겼다.

"시간을 정하자. 면회 시간 근처는 안 돼. 다른 보호자들이 이해를 못 할 거야. 7시쯤부터 교대로 들어오시라 하고, 한 번에 두 명, 딱 한 시간만. 그러면 어때?"

나는 고개를 끄덕였다.

면회가 진행되는 동안 나는 환자의 방문을 꼭 닫아야 했다. 문의 좁은 틈으로 새어나가는 소리만으로도 의식이 있는 환자들은 으레 간호사를 불러 물었다. "저기 저 환자, 죽었어요?"

미리 당부했던 대로, 두 명씩 10분만 들어오기로 한 약속은 지켜졌다. 그렇게 제한을 두어도 모든 제자가 들어오기는 어려웠지만, 제자들은 용케도 순번을 정했다. 제 발로 걷지 못할 만큼 슬픔에 젖어서도 제자들은 시간을 지켜 손을 씻은 후 가운을 벗고 나갔다.

고통으로 가득한 릴레이 면회가 끝난 후, 가족들이 미국에서 도착했다. 허리는 꼿꼿해도 이미 백발이 성성한 어머니와 형제들이었다. 주치의와 함께 면담실로 들어간 가족들은 한참을 나오지 못했다. DNR 서류 좀 뽑아주실래요? 면담을 끝내고 먼저 나온 주치의가 말했다. 허리가 꼿꼿했던 환자의 어머니는 부축을 받아 면담실에서 나왔다. 그들은 긴 면회를 했다. 완성된 DNR 서류는 이튿날 의무기록실로 내려갔다.

나이가 젊었기 때문일까. 빈 곳을 찾기 어려울 만큼 암종과 염증으로 꽉 찬 폐를 가지고도 그는 견뎠다. "오늘 밤 아닐까요?" 폐 사진을 열어본 후 당직의가 확신 없이 말하면, 마치 항의라도 하듯이 이튿날엔 산소 농도를 약간 줄여도 될 만큼 산소 수치가 나아졌다. 그러면 오전부터 회진을 도는 호흡기내과는 고개를 갸웃하며 이런저런 추가 처방을 내고 갔고, 발을 동동 구르는 담당 간호사들을 비웃듯이 늦은 오후부터는 다시 상태가 나빠졌다. 욕창 예방을 위해 자세를 바꾸는 약간의 자극으로도 산소포화도가 뚝 떨어져 다시 엑스레이를 찍으면, 날이 지나며 바뀐 다른 당직의가 심각한 표정으로 말했다. "오늘 밤일 것 같은데?"

그렇게 한 달이 지났다.

나는 매일 그의 제자들 숫자가 줄어가는 것을 보았다. 마침내 조교 한 사람만 남았다. 그는 자주 울었고, 안타깝게 환자를 쓰다듬기를 반복하다 돌아갔다.

그리고 어느 때부터는 그도 오지 않았다. 아마 무슨 일이 있었을 것이다. 날들은 자꾸 지나갔다. 아무것도 아닌 날들이었다. 프론 자세*와 lung recuitment**를 몇 번 더 했고, 일시적으로 호

* 환자를 엎드린 자세로 눕히는 치료. 폐의 팽창과 가래 제거에 도움이 된다.

** 일반적으로 폐는 흡기에는 팽창하고 호기에는 쪼그라든다. 산소화가 잘 되지 않는 환자는 호기가 끝난 후에도 인공호흡기를 통해 폐의 압력을 양압으로 유지해 폐포가 펴진 상태에서 가스 교환이 원활히 되도록 한다. lung recruitment는 일시적으로 양압을 높게 올려 폐의 산소화를 돕는다.

전되었다가 금세 다시 악화되었다. 피검사 수치는 모두 좋지 않았지만 금방 곤두박질치지도 않았다. 그렇게 또 한 달이 지났다.

임종은 갑작스러웠다.

환자의 임종을 지킨 것은 간호사들이었다. 심전도는 어느 새벽, 자정을 넘긴 지 얼마 안 됐을 때 갑작스럽게 고른 직선을 그렸다. 예상된 일이었다.

DNR, 심폐소생술을 하지 않기로 약속한 환자니 우리는 더 이상 손쓸 것이 없었다. 당직의에게 전화하자 그는 보호자가 도착하면 곧 갈 테니 알려달라고 말했다.

사망 선고를 위해 보호자가 필요했다. 여러 곳에 전화를 돌렸으나 환자의 가족들은 투병 기간이 길어지자 내버려두고 온 급한 일들을 처리하러 잠깐 미국에 가 있었다. 전화기 너머에서 희미하게 우는 소리가 들렸다. 지금 비행기 표를 사도 한참이 걸릴 것이라고 했다. 조교는 전화를 받지 않았다. 그 많은 제자의 번호는 그의 조교가 알고 있었다.

심실 무수축이 지속된 지 한 시간도 넘어 뒤늦게 도착한 사람은 어릴 때 몇 번 그를 본 적이 있다던 조카였다. 사회 초년생쯤 됐을까. 어린 얼굴에 놀란 기가 가득했다. 그는 어색하게 환자의 찬 손을 얼마간 잡고 있다가 놓았다.

영광과 슬픔은 앙상한 뼈와 아득한 시간과 함께 스러졌다.

외도

단언컨대, 이런 일들은 거의 남자 환자들에게 일어난다.

췌장암이 말기에 이른 상태에서 발견되면 가망이 없다고 봐야 한다. 이미 췌장암이 다른 장기들로 전이되고, 고통을 덜기 위한 화학요법 치료를 하다가 부작용으로 폐렴이 생겨 들어온 환자를 본 적이 있다. 장년의 남성이었고, 이미 기도삽관을 하고 진정제가 주입되는 상태로 중환자실에 들어왔기에 그가 눈뜨고 움직일 때 어떤 사람이었는지는 알 수 없다.

그의 배우자와 두 아들은 그를 아주 염려하고 사랑하는 사람들이었다. 걱정을 참지 못해 밤낮없이 번갈아가며 전화를 걸어왔기 때문에 담당 간호사가 되면 조금 분주했지만 이해 못 할 바는 아니었다. 그들은 대체로 예의가 바르고, 걱정에 찌들어 더 이상 견딜 수 없는 상태에서야 전화를 했으며, 전화를 끊기 전에는 간호사들의 일을 방해한 것에 매우 미안해했다.

그들의 이름을 예상치 못한 곳에서 들었을 때 당황한 것은 그런 이유에서였다. 그런 소요에 휘말릴 사람들이 아니라고 생각했으니까.

그날, 면회 시간이 다 되어서, 수시 약을 약국에서 타오시던 주임님이 말했다.

"선생님, 밖에서 누가 소리 지르고 싸워요."

"예? 누가요?"

"잘 모르겠는데, 거의 몸싸움을 하던데요. 보안 요원이 막고 있어요."

"몸싸움요?"

"여자들인데, 줄 서 있다가 갑자기 싸웠다나봐요. 완전 난리도 아니에요."

가족의 숨이 꺼져간다는 것을 받아들이지 못하는 보호자가 폭력적이 되는 일은 종종 있으나, 보호자들끼리의 싸움이라니, 흔치 않은 일이었다. 요청이 들어오면 나가봐야 했으나, 별 요청은 들어오지 않았고, 나는 일이 바빠서 그저 들어 넘겼다.

정해진 시간보다 약간 늦게 면회가 시작되었고, 면회 시간 내

내 내 환자에게는 아무도 들어오지 않았다. 그 보호자들이 그럴 리가 없는데 싶을 때, 배우자에게서 전화가 왔다. 흥분한 목소리는 거의 소리치듯 했다.

"선생님, 우리 말고 다른 사람한테 우리 아저씨 상태 설명하시면 고소할 거예요!"

이게 무슨 갑자기 분위기 고소 드립이란 말인가.

나는 당황해 되물었다.

"그게 무슨 말씀이에요?"

수화기 너머로는 한동안 아들들과 옥신각신하는 듯한 목소리가 들렸다. 곧 첫째 아들이 전화를 바꿔 받았다.

"간호사님, 전에 웬 여자한테 우리 아버지 상태 설명하신 적 있어요?"

"예? 무슨 여자요?"

"아까 이 앞에 왔던 여자요. 아버지 면회하려고 기다리고 있었어요. 본 적 없으세요?"

"저 죄송하지만 무슨 말씀인지 모르겠어요."

수화기 너머로 또 한참 동안 다투는 듯한 소리가 들렸고, 마지막으로 둘째 아들이 수화기를 건네받았다.

"아버지 내연녀가 이 앞에 찾아왔었어요."

아, 그러면 이해할 만하지.

설명에 따르면 환자의 내연녀가 환자와 자기 사이에 낳은 열두 살짜리 딸을 데리고 중환자실 앞에 서서 면회를 기다리다가 면회를 통제하던 보안 요원이 환자의 침대 번호를 부르자 환자의 배우자와 동시에 대답을 했다. 이것이 사건의 전말이었다.

최소(내연녀의 딸 나이를 고려할 때) 12년 동안 몰랐던 외도를 중환자실 앞에서 처음 알게 된 배우자는 망치나 몽둥이를 들고 싶었지만 그러지 못해 머리채를 잡았다. 머리채가 뒤집히도록 잡아 뜯긴 내연녀는 울먹거리며 환자의 목숨이 경각에 달려 나도 내 딸에게 아버지를 보여줘야 한다, 당신들은 환자를 많이 보지 않았느냐며 설득을 시도했고, 배우자는 "내 남편 목숨이 경각에 달린 것을 네가 어떻게 아느냐"며 다시 옥신각신이 시작됐다. 그것은 면회 시간이 끝날 무렵에야 가라앉았고, 결국 면회에는 아무도 들어오지 못했다. 보호자를 한 명만 들여보낼 의무를 지고 중간에 낀 보안 요원만 많이 얻어맞았다.

내연녀는 환자의 동생(아마도 외도를 알고 있었던 듯하다)과 함께 찾아와 곁에서 설명을 같이 듣거나, 본인이 가족(아마 담당 간호사가 여동생쯤이라고 추측하도록)이라고 하고 설명을 들었던 모양인데, 엄밀히 말하면 거짓말은 아니다.

어쨌거나 그 가열찬 고소 예고 이후에 환자의 인계 사항에 직계 보호자 외 환자 상태에 대해 설명하지 말라는 당부가 직계 보호자 및 내연녀에 대한 묘사와 함께 구구절절 들어가게 됐다.

원망과 분노 속에서도 배우자와 아들들은 매일 전화를 했고, 하루도 빠짐없이 찾아와 환자의 손발을 어루만졌다. 내연녀 또한 중환자실 앞에 찾아와 환자가 어떤지 말해달라며 간절하게 부탁을 거듭했다. 우리는 설명을 한 것도 안 한 것도 아닌 애매한 위로를 건네느라 고생을 했다.

의식 한 번 차리지 못하고 죽어가는 환자는 해명 한 번, 사과 한 번 하지 못하고 안락한 죽음으로 미끄러지듯 사라졌다. 위로는 누구에게 필요했을까?

환자는 회복되지 못할 치명적인 폐렴과 급성 호흡부전 증후군에 무릎을 꿇었으나 고통 한 자락 느끼지 못했을 것이다. 진정진통제가 그를 도왔다. 고통은 가족들이 떠안았다.

환자의 임종을 지키며 배우자와 아들들은 몹시 슬퍼했다. 그가 한 것이 어떤 배신이더라도, 아마 그는 좋은 가장이었던 것 같다.

나는 인정받지 못하는 슬픔이 떠오른다. 내연녀에게 불려나가 중언부언 위로를 주워섬기고 있을 때, 그는 나를 이해했다. 내 손을 잡고, "최선을 다해주세요. 부탁드립니다. 그 말씀을 드리고 싶었어요"라고 말하고는 돌아섰다. 그의 눈은 붉었지만 눈물은 보이지 않았다.

그와 함께 온 아이가 아마 딸이었던 것 같다. 머리를 곱게 땋아 내린 아이는 단정했다. 고개를 푹 숙이고 있어 얼굴은 보지 못했다. 그렇게 고개 숙이고 다닐 나이가 아니었다. 열두 살, 엄마의 슬픔을 보기도, 이해하기도 너무 어렸다. 누군가는 그 소녀의 동그란 정수리를 쓰다듬어줬어야 했다. 고개 똑바로 들고 살라고 말해줬어야 했다. 그런 존재는 아버지여야 했다.

그는 절대 좋은 아빠가 아니었다.

안타깝게도 이런 일은 자주 일어난다.

1. 본처와 혼인관계 중에 멕시코에서 사업하다가 한국계 멕시코인 여성을 만나 미혼으로 속이고 재혼했으나 한국에 멕시코인 부인을 데리고 들어왔다가 들통나서 이혼당함. 이후 혼자 살다가 몸이 아프니 본처의 딸한테 연락해 병구완을 부탁함.

2. 본처가 있는데 다른 여성이랑 살면서 본처와는 연락이 끊긴 경우. 직계 보호자가 본처와 본처 사이에서의 자녀들밖에 없어 동의서를 받기 위해 연락하면 그 작자와 관련된 어떤 연락도 받고 싶지 않다며 끊어버려서 의료진이 매우 곤란해진다. 이와 비슷한 사례가 가장 많다.

3. 전처와 이혼하고 재혼 후 회복 불가 상태로 DNR 서류를 받아야 하는데 전처의 자녀들(직계 보호자이기 때문에 동의를 받아

야 한다)이 서류 작성을 거부함.

4. 호주에서 만난 여성과 결혼하고 싶어 한국에서 결혼한 본처에게 이혼을 요구했으나 위자료 합의 실패로 이혼은 못 하고 호주 호적상으로 새로 결혼함. 암 발병 후 치료를 한국에서 받고 있어 직계 보호자는 본처와 그 자녀들이나 재산은 모두 호주 부인에게 증여해 병원비는 호주 부인에게서 나오고, 동의서는 본처와 자녀들에게 받아야 하며, 본처는 DNR를 원하나, 호주 부인은 치료 지속을 원해 분쟁.

5. 목숨이 경각에 달린 환자 한 명은 세 번 결혼 후 세 번 이혼하고, 자녀가 열 명은 되는 듯한데 모든 전 배우자와 자녀들, 형제 포함 단 한 명도 동의서 작성이나 면회를 하겠다는 사람이 없음. DNR조차 아무도 쓰려 하지 않아서 30분간 심폐소생술 후 사망. 장례식도 치르겠다는 가족이 없어 시신은 국가에 인계됨. 그는 어떤 삶을 살았을까?

6. 배우자는 사망했고 이후 사실혼 관계인 여성이 있다고 했으나 한 번도 면회받지 않는 70대 남자 환자가 있었는데, 직계인 딸 둘이서 면회를 왔다. 50대 여성 둘 다 청력이 손상되어 의사소통이 원활하지 않았다. 환자는 병중에도 딸들과 대화를 하다 본인 마음대로 되지 않자 보호자의 귀빰을 때리려들었다.

더 쓰려고 했는데 인류에 대한 환멸이 올라와서 못 하겠다.

다른 병원 산부인과 병동에서 일하는 친구한테 듣기로는, 반대 사례가 없지는 않다고 한다. 자궁 외 임신으로 당장 수술받아야 하는 어떤 환자는 절대 보호자를 불러 대기시키지 않고 전화만 여러 명의 남자에게 했다고 한다.

"어, 자기야. 나 수술받아야 한대. 아니야, 오지 마! 보호자 오지 말래." 이런 내용을 여러 명에게 앵무새처럼 반복한다든가 하는 흥미로운 사례도 있는 모양이다. 이게 어쩌다 꼬이면 중환자실 밖에서 내가 봤던 그 부인들처럼 남자들끼리 패싸움이 벌어지려나.

별로 궁금하지는 않다. 어쨌거나, 아직까지는 주로 여성들이 피해자다. 이유는 잘 모르겠다. 여자들이 의리가 더 좋은 것인가. 덕분에 아비답지 않은 아비들만 자꾸 봐서 우리 아빠를 보는 시선이 묘하게 감시와 비슷해지는데 그게 내 탓만은 아닌 것 같다.

말할 수 없는

흉선암이라고, 그럭저럭 순둥이 같은 암이 있다. 암 중에 순둥한 암이 어디 있겠냐마는, 흉선암은 상대적으로 그런 편이다. 림프종이나 췌장암이나 난소암 같은 놈들에 비하면 흉선암은 양반인 편이다. 발견이 꽤 빨리 되는 편이라, 예후를 판단하는 중요한 기준인 5년 생존율이 거의 90퍼센트에 가깝다.

흉선은 우리 가슴에 있다. 면역을 담당하는 기관으로, 보통 청소년기에 커졌다가, 어른이 되면 점점 작아진다. 가슴에 있기 때문에 단순한 흉부 엑스레이를 찍다가도 잘 발견되거니와, 보통 고령에서 발병하기 때문에 전이 속도가 느려 외과적 치료가 가능한 단계에서 발견되곤 한다. 이런 순둥이들은 중환자실까지 잘 들어오지 않는다.

내가 본 흉선암 환자 또한 6년 동안 딱 한 명이다. 그 한 명은 하필 그 순둥이한테 짓눌려 숨이 막혀가고 있었다.

윤아는 열여섯 살이었다. 윤아가 입실하기 전 환자 파악을 위해 기록들을 열어보면서 이미 환자가 어린 것은 알고 있었지만, 호흡곤란으로 기도삽관을 한 상태에서 중환자실로 이송된 아이는 또래보다 몸집이 작았다. 인공호흡기를 달고 축 늘어진 아이는 어리고 약해 보였다.

삽관된 기도관의 깊이를 확인하기 위해 입실하자마자 찍은 엑스레이에서 우리는 종양에 시선을 빼앗겨 잠시 동안 이를 악물었다.

종양이 종격동을 누르고 있었다. 폐의 한쪽 가지가 막혀 한쪽 폐는 없는 것이나 마찬가지였고, 기도가 한쪽으로 밀리고, 심장이 눌렸다. 그나마 남은 폐에는 염증이 있었다. 염증이 낫는다 하더라도 종양이 커져 그 자리를 채울 것이다. 우리는 안타까움 속에서 말을 잃었다. 이 어린아이에게 남은 시간은 얼마나 될까. 젊은 환자는 전이가 빨라 종양이 하루가 다르게 자라날 테고, 이 아이에게 남은 시간은 그 잠깐 사이에도 흘러 사라지고 있었다.

윤아의 부모님은 젊은 분들이었다. 윤아의 동생은 나이가 너무 어려 누나의 죽음을 받아들이기 힘들 것이라고 했다. 윤아 어머니가 물었다. 아이가 누나를 보는 것이 나을까요? 그 질문에 드리운 체념이 무거웠다.

윤아의 어머니는 어린 동생을 돌보고 아버지가 매일 들어와 잠든 윤아의 이마를 매만졌다. 이분들이 받아들이기에는 모든 것이 너무 빨랐다. 그러나 누구에게 가장 빨랐냐면 윤아에게 그랬을 것이다. 그 애에게 이 일은 가혹할 만큼 빨랐다.

네 가슴에 암이 있어. 그게 너무 커서, 네 폐를 하나 잡아먹고 나머지 하나도 거의 쓸 수가 없어. 심장도 눌리고 있어. 시간이 많지 않아. 그 말을 누가 해줬을까? 어른에게도 가혹한 이 말을 누가 그 어린 얼굴에게 해줄 수 있었을까.

윤아 부모님은 아이를 위해 결단을 내렸다. 기도관을 가지고 버티면 윤아는 자라나는 암과 함께 언제까지인 줄도 모르고 계속 자야 한다. 끝은 올 테고, 그때 맞이할 끝의 형태는 더 끔찍할 것이다. 그러나 기도관을 뽑으면, 윤아는 아주 잠깐 숨을 쉬기가 힘들 테지만, 이내 편안해질 것이다.

우리는 윤아의 인공기도 발관을 준비했다. 삽관된 관을 빼기 위해서 우리는 잠들어 있던 환자의 의식을 깨운다. 인공호흡기가 인위적으로 밀어넣어주던 호흡과 환자의 살아난 자발호흡이 부딪치기 시작하면, 인공호흡기의 설정을 변경해 환자의 자발호흡에 힘을 더해 숨을 더 깊고 효율적으로 쉴 수 있도록 도와준다. 스스로 충분한 깊이와 횟수로 숨을 쉴 수 있으면, 환자에게 기침을 시키며 점점 공기 중의 산소 농도와 가까워질 만큼 기계호흡의 산소 농도를 낮추고, 환자의 자발호흡을 돕는 압력의 세기도 낮춘다.

이때가 환자에게는 가장 힘든 순간이다. 환자가 깨어 스스로 움직이기 시작하면, 우리는 준비 없이 환자가 직접 관을 뽑아버려 숨이 콱 막히는 일이 없도록 손을 보호대로 감아 고정한다. 온통 알람들이 울려대 잠도 자기 힘들고, 숨을 쉬려는데 기계가 자꾸 기도로 산소를 불어넣으니 서로 부딪쳐 힘들고, 가려운 곳 하나 긁기 힘들게 손은 묶여 있고, 기도에 이물질이 깊게 들어와 꽉 고정되어 있으니 아프고 가래는 자꾸 느는데 스스로 뱉어낼 수는 없다. 웬만한 어른도 불안하고 힘들어 몸부림친다.

그러나 윤아는 꾹꾹 잘도 참았다. 윤아가 그 모든 과정을 잘 견뎌낸 건 기대감 때문이었을까.

"조금만 참고 숨 쉬는 연습 잘하면 입에 있는 관 뽑을 거야."

윤아의 손을 잡으며 속삭이던 아버지의 목소리 덕이었을까.

의식이 깨어 있는 채로 기도삽관을 한 환자에게서 가래를 뽑아내는 일은 보통 고역이 아니다. 환자는 산 채로 기다란 관이 기도로 훅 밀려들어와 남은 산소와 가래, 기도의 표면까지 쪽쪽 빨아내는 동안 옴짝달싹 못 하는 고통을 견뎌야 한다. 그런 짓을 환자한테 절대 하고 싶지 않지만 가래가 쌓여 기도가 막혀버리면 어쩔 도리가 없으니 뽑아내야 한다. 그러나 환자 입장에서는 설명을 다 듣고 그 필요를 이해해도 견디기 힘든 일이다. 제힘으로 팔다리가 움직일 만큼 깨어 있는 환자는 본인이 허락하며 고개 끄덕이고도 고통스러워서 간호사를 막 때리기도 한다. 안 할 수는 없으니 무슨 수를 써서든 의식 있는 환자를 어르고 달래고 협박하고 겁주면서 빠른 시간 내에 효율적으로 가래를 제거해야 한다.

그러나 윤아는 참을성이 많은 부류였다. 이런 환자는 우리 마음을 저리게 한다. 차라리 얻어맞는 게 낫지. 눈물이 주렁주렁 맺히도록 꾹 참고, 석션이 끝난 뒤 '고맙습니다'라고 적어준 위태로운 글자를 보면 마음이 다 찢겨나가는 것이다.

"힘들지는 않아요?"

내가 묻자, 그 애는 적었다.

'입에서 관 빼게 돼서 너무 좋아요.'

무슨 말을 해야 했을까. 할 수 있는 말이 없었다. 그저 윤아가 눌러 쓴 마지막 단어를 따라 읽었다.

"좋아요?"

윤아는 웃었다. 웃고, 고개를 끄덕였다.

그리고 또 적었다.

'아빠랑 말하고 싶어요.'

아버님도 윤아랑 말하고 싶어해요. 정말정말 말하고 싶어해요.

"이거…… 이 관 빼면 아빠랑 있을 거예요."

'설레는데 좀 무서워요.'

윤아가 설렌다고 했다. 마음이 설렌다고.

이 관을 빼면 너는 죽게 될 거야. 그 말을 할 수가 없었다. 입에 들어간 기도관이 불편해 오물거리는 입으로 알아볼 듯 말 듯 웃는 윤아에게 그 말은 결코 할 수가 없었다.

그 말을 누가 할 수 있었을까. 그건 마음이 없는 사람이나 할 수 있을 말이었다. 담당 레지던트도, 주치의도, 누구도 그건 말할 수 없었다.

윤아를 돌본 모든 간호사, 하루에 세 명, 일주일에 몇 명일지 모를 그 모든 간호사. 윤아의 위닝Weaning 과정*에 있었던 모든 사람은 말하지 못했다. 벙어리처럼.

윤아의 인공기도를 발관할 때 아이의 부모님이 병실에 들어왔다. 숨을 잘 쉴 수 있도록, 우리는 침상을 올려 윤아를 앉혔다. 아버지가 윤아의 손을 잡았다. 윤아가 아빠를 보니 반갑다고 썼

* 인공호흡기에서 벗어나 자발호흡을 할 수 있도록 훈련하는 과정.

다. 윤아는 글을 많이 쓰지 않았다. 아빠가 질문하면 '관을 얼른 빼고 말로 할래요'라고 적었다.

레지던트는 발관 전에 스테로이드를 잔뜩 처방했다. 잠깐이라도 고통이 없는 게 좋을까요? 아니면, 힘들더라도 시간을 좀 늘리는 게 좋을까요? 레지던트가 혼잣말처럼 물었다. 누구도 답할 수 없는 질문이었다. 모르핀을 띄워놓은 처방 창에서 한참을 망설이던 그는 보기 싫은 것을 치워버리듯 화면을 내렸다.

스테로이드를 슈팅하고, 조금 후에 레지던트가 일어났다. 발관하겠습니다. 그가 비장하게 말했다. 윤아는 웃고 있었다. 나는 20cc 주사기로 공기를 부풀려 고정했던 기도관에서 공기를 뺐다. 윤아의 볼에 붙은, 기도관을 고정하던 테이프와 기구를 살살 떼어냈다. 꺽꺽거리며 공기 새는 소리가 났다.

"기침하세요."

윤아가 힘껏 기침하자 레지던트가 관을 뽑아냈다. 얼른 산소 마스크를 씌웠다. 윤아는 길게 기침했고, 가래를 몇 번 뱉어냈다. 우리는 보호자와 시간을 보낼 수 있도록 문을 닫고 커튼을 쳤다.

모르핀을 주는 게 좋지 않을까요? 내 숨이 자꾸 가빠져와서 한숨을 쉬다 내가 독촉하듯 물었다. 레지던트는 망설였다. 망설이다가 끝내 말했다. "이산화탄소가 쌓이면, 몽롱해질 거예요."

우리는 방 밖에서 모니터를 봤다. 시간은 오래 걸리지 않았다.

아무도 말하지 못했다. 윤아는 그게 끝인 것을 알았을까? 알았어야 했던 것 같다. 그렇지만 정말이지 말을 할 수가 없었다.

죽음의 모양

죽음의 모양을 실제로 보게 된 것은 내가 간호사가 되면서부터였다.

죽음을 흉내낸, 혹은 묘사한 수많은 매체를 접해왔으나 대체로 그것들은 죽음이 아니다. 죽음의 이미지를 흉내낼 뿐이다. 대체로 그런 데서 묘사된 죽음은 아름답다. 실제로 아름다울 때도 많고, 어떤 경우는 상대적으로 아름답다.

실재하는 죽음을 처음 마주했을 때, 나는 약간 공황에 빠졌다. 내가 어릴 적 8년간 생각해온 죽음의 모양은 십자가에 매달린 예수의 아름다운 얼굴과 감기는 눈 같은 것이었고, 어느 정도 속세의 삶을 알고 난 후에도 죽음은 약간 경건한 색채를 띠고 있었다. 그러나 중환자실에서 맞닥뜨린 죽음의 모양은 대체로 질척거리고, 불어터졌다. 나는 고통의 가장 마지막에 죽음이 온다는 것을 알았지만, 눈으로 보면서부터 몇 년간은 자주 울어야 했다.

내가 봤던 첫 죽음은 할아버지의 것이었다. 이미 전신에 전이된 폐암 환자였고, 폐 기능이 심각하게 떨어져 몸에 이산화탄소가 쌓이고 있었다. 인공기도삽관을 해도, 무엇을 해도 시간 연장밖에 되지 않을 것이었고, 보호자는 기도삽관을 하지 않겠다고 했다. 병동 1인실로 옮겨 가족과 함께 임종을 지킬 수 있도록 하려 했는데, 할아버지가 더는 기다려주지 않았다.

모니터에서 심박수가 천천히 느려지다가 멈추는 순간을 지켜보았다. 영혼의 무게가 몇 그램이라고 했던가? 그 방에서 몇 그램이 나갔다면, 넋을 잃어 부산 떠는 나에게서 나갔을 것이다. 나는 그날 내 눈앞에서 스러지는 모래 같은 죽음을 보았다.

이것은 이상적인 죽음이다. 내가 신규 간호사였기 때문에 내게 중한 처치가 들어가는 진짜 중환자를 주지 않았고, 그래서 그 죽음을 먼저 보았다. 다행한 일이다.

보통 중환자실에 들어온 환자들 중 '끝까지 가는' 이들이 있다. 연명 의료라 불리는 오직 목적이 '연명'인 치료, 사실상 '치료'가 아니라 회복 가능성 없이 끝없이 이어지는 패배를 지속해

나가는 치료를 받기를 선택했거나, 본인이 선택하지 않고 가족들이 선택한 경우다.

이 경우 죽음의 모양은 비참하다. 가끔 그것은 우리가 환자를 만신창이로 만들어가는 과정이다.

내가 중환자실에서 보낸 5년은 이 과정에 익숙해지는 시간이었다. 수없이 많은 사람의 죽음을 만지고, 그 모양을 보았다. 아래는 그 전형적인 모습 중 하나다.

그는 내가 어제 봤던 환자다.

이식을 받은 백혈병 환자 중 치명적인 부작용을 일으키는 환자들이 있다. 이식 환자 중 일부이긴 하나 이들의 면역체계는 스스로를 공격한다. 내부 장기가 허물어지고, 어떤 때는 피부도 문드러진다. 체르노빌에서 방사선 피폭을 받았던 소방관처럼 피부가 다 벗겨진다. 이것을 막기 위해 면역을 떨어트린다.

신장 기능이 떨어져 온몸이 붓고 상처 난 곳마다 체액이 줄줄 흐른다. 그러면 두꺼운 관을 목 혹은 쇄골 밑 혹은 서혜부에 꽂아 투석기를 단다. 혈압이 떨어지면 또 두꺼운 관을 꽂아 혈관을 수축시키는 약을 달고, 혈액순환이 떨어져 손끝과 발끝이 처음에는 보라색으로, 나중에는 검은색으로 변한다. 변한 후 시간이 지나면 말라붙어 바삭해진다. 이때 절단 수술을 받아야 하지만 수술을 받게 될 때까지 견디는 사람은 별로 없다.

혈액 응고 기능이 떨어져 온몸에 멍이 든다. 두꺼운 관을 꽂았던 부위마다 혈액이 새어나온다. 응고를 막아보고자 수혈하고, 응고인자를 정맥으로 주입한다. 투석기의 응고를 막기 위해 주입하던 응고방지제를 중단한다. 그리고 투석기 키트가 막히면, 투석을 다시 시작하기는 어렵다. 약으로 겨우 유지되는 혈압은 혈액이 환자의 몸에서 빨려나가 투석기로 들어가는 시간을 견디지 못한다.

투석을 할 수 없으면 모든 것이 빨라진다. 음낭이 수박처럼 부풀고, 창백하고 검은 반점들이 온몸을 뒤덮는다. 신장은 망가졌고, 투석기는 불가능하고, 피를 걸러내지 못하니 전해질 수치가 치솟고, 이런 것은 대체로 심장에 치명적이다.

보호자는 최선을 다해달라고 한다. 망설이고, 슬퍼하고, 무엇을 말하려다가 그만둔다. 전공의는 설득해보려고 하지만 환자는 기다려주지 않는다.

우리는 심폐소생술을 한다. 이런 환자에게 심폐소생술을 하면 흉골이 부서지고 입과 코로 피가 흘러나온다. 얼굴도 가슴도 보라색이다. 환자의 흉부를 압박하는 우리는 우리가 죽은 사람을 때리고 있는 것만 같아 괴로워진다.

때려도, 이런 경우 가망은 없다.

사망 선고를 하기 위해 보호자들을 들여보낸다. 만신창이가 된 환자를 보고 보호자들은 울부짖는다. 그러면 우리는 온통 너덜너덜해져서 문을 닫고 나온다. 팔다리를 후들거리며 서류와 사후 절차를 준비한다.

죽음은 비참하다. 지저분하다.

지켜보는 사람조차 마음이 저리는 고통을 견뎌야 한다. 포기하지 않을수록 더 많은 것을 잃는다.

전공의는 보통 이런 상황을 객관적으로 설명한다. 의미 없는 고통을 받아야 할 환자를 위해서, 또 그 고통을 극한까지 받은 환자를 목격하게 될 보호자를 위해서.

보통 단시간 내에 상태가 악화되었거나 혹은 환자가 젊은 경우 보호자들은 그 상황을 고통스럽게 받아들이거나, 혹은 그러지조차 못 한다. 수용하지 못한 보호자들은 의미가 없다고 하더라도, 사실상 이미 환자는 죽었다고 봐도 무방한 상태라고 할지라도, 마지막까지 가기를 요구한다.

중환자실에 갈게요, 인공기도삽관을 할게요, 투석도, 체외 심폐순환기도 다 할게요. 심폐소생술, 해주세요. 끝까지 해주세요. 10분, 15분, 30분이 넘어도, 이미 돌아온다고 해도 뇌가 회복할 수 없다는 것을 알아도. 그래도.

앞에서 뒤로 갈수록 확률은 점점 줄어든다.

한 줌의 시간을 얻고, 또 무엇을 잃는다. 반드시, 잃는다.

이미 혈압을 올리기 위해 최대로 승압제를 쓴 환자는 피부가 창백해지다가 보라색으로 변한다. 혈압 유지를 위해 투석기로 수분을 제거할 수 없어서 몸은 풍선처럼 부풀어오른다. 체액이 피부의 조금이라도 상처난 곳으로, 중심정맥관이나 정맥주사가 있는 곳으로 줄줄 새어나온다. 더 나갈 곳이 없다면 전신에 물집이 솟아오른다. 대변을 치우기 위해, 욕창 상태를 보기 위해 환자를 잡을 때마다 보이지 않는 곳에 솟아났던 물집이 터져 시트를 적신다. 폐에 물이 차올라 산소포화도가 떨어지면, 점점 산소 농도를 올리고, 높은 산소 농도는 활성산소를 만들어 결국 환자의 목을 조른다.

얻는 것은 고통이다. 그리고 자꾸 잃는다. 잃는 것은 무엇일까. 존엄일까? 그 모습이 존엄하지 않아서? 사고를 하고 인격을 가지고 감정을 호소하는 인간의 모습이 아니라, 들숨 하나, 날숨 하나 모두 기계에 의존하는 육체의 모습이어서? 잃는 것은 그러면 어떤 경건일까? 무엇이라고 언어로 명확하게 묘사할 수 없다. 그러나 눈앞에서 지켜보는 우리는 이미 잃어 저 밑으로 가라앉는 그것을 보며 안타까워 한숨을 쉰다.

우리는 매일 죽음의 모습을 쓰다듬는다. 어떤 모양은 다른 것보다 더 일그러져 있지만, 모든 모양은 아름답지 않다. 아름다운 죽음은 영화에만 있다.

반인반수와 공감

우리 마음은 비어 있어야 한다

이런 일이 있다.

한 환자가 있다. 신장암 수술을 받았고, 의식이 돌아왔을 즈음엔 중환자실에 옮겨져 있었다. 수술실에서 혈압이 조금 떨어졌었다고 했다. 담당 간호사가 수술 부위를 확인하겠다며 복대를 열었다가 다시 단단하게 매는 순간, 아프고 짜증이 나서 손바닥으로 간호사 얼굴을 후려쳤다.

이것은 있었던 일이다.

수술은 작은 수술이 아니었다. 환자의 병도 작은 병은 아니었다. 통증 조절을 위해 진통제를 투여했어도 통증은 분명 있었을 것이다. 그러나 그것이 귀한 딸, 소중한 후배, 직업으로 이 일을 하는 간호사가 뺨을 맞아야 할 이유가 될까?

내 후배는 끝까지 사과받지 못했다.

또 이런 일이 있다.

보통 우리 중환자실에서는 한 명의 간호사가 두 명의 환자를 본다. 그래서는 안 되지만 두 명 중 한 명이 위중해지면 상대적으로 다른 환자에게 기울일 주의력은 줄어든다. 그것이 담당 간호사의 잘못이냐하면 그렇지 않다. 그것은 인력을 충분히 공급하지 않는 병원의 잘못이다. 어쨌거나 이런 불가피한 상황이 벌어지면 그 간호사를 위해 다른 간호사가 투약이나 체위 변경 같은 처치를 해주기도 하지만 담당이 아니기 때문에 한계는 생긴다.

여기 한 환자가 있다. 담당 간호사는 인계를 받고 와서 인사하고 약을 주고 바지런하게 챙겨주는 듯하더니 갑자기 뛰어나가 옆 환자 방으로 들어간 뒤 돌아오지 않는다. 옆방에서는 환자한테 올라타서 뭔가를 하고 사람들은 잔뜩 몰려들며 누군가 소리를 지르고 우당탕하는 등 별일이 다 있는 모양인데 그건 그거일 뿐 왠지 그냥 기분이 나쁘다. 그래서 콜벨을 누른다. 곧 알림이 멈추고 스피커에서 잠시만 기다려주세요, 하는 소리가 들렸지만 아무도 오지 않는다. 그래서 또 누른다.

머리가 산발이 된 담당 간호사가 뛰어 들어온다. "네, 환자분 무슨 일이에요?" 숨이 목구멍 끝까지 차올라 묻는다.

"이거 누르면 네가 오나 안 오나 한번 해봤어."

이 또한 있었던 일이다. 그때 옆 환자는 20분간 이어진 심폐소생술 끝에 겨우 리듬이 돌아온 참이었고, 담당 간호사는 당장 필요한 투약과 검사를 제쳐두고 잠시 틈을 내어 달려올 수밖에 없었다.

또 이런 일이 있다.

어떤 환자는 간호사의 일이 전문직업 영역이 아니라고 생각한다. 보통 이런 환자는 담당 간호사에게 집요하게 담당의를 불러달라고 요구한다. "아까 오셨잖아요." "그때는 까먹었어." "무슨 이유로 그러세요?" 간호사가 물으면 그는 말한다. "그런 건 네가 알 바 아니고."

담당의가 오면 환자는 말한다.

"여기 목에 드레싱 불편한데 다시 해주세요."

그러면 담당의는 넋 빠진 목소리로 간호사에게 말한다.

"선생님, 부탁드려요."

그러면 담당 간호사는 드레싱을 다시 하면서 묻는다. "제가 뭐 때문에 그러시냐고 물을 때는 왜 아무 말씀 안 하셨어요?" 환자가 대답한다.

"이게 네가 하는 일인 줄 몰랐지."

또 다른 일을 한번 볼까?

그는 복강 내 출혈로 출혈 부위 혈관을 막고 온 환자다. 시스 sheath*가 들어간 오른쪽 대퇴동맥을 구부려서는 안 되기 때문에 간호사는 제발 움직이지 말아달라고 신신당부하지만 환자는 간호사가 눈만 돌렸다 하면 다리를 굽혀 보인다. 간호사가 혼비백산해서 달려오면 장난치는 것처럼 껄껄 웃는다. 간호사가 안전을 위해 오른 다리를 편 상태로 억제대를 적용하자 환자는 불만에 가득 차 휴지를 뽑아서 침을 뱉더니 바닥에 버린다. 간호사가 쓰레기통으로 쓸 상자를 침대 위에 올려주지만 그것마저 쳐서 바닥에 떨어트린다.

간호사가 반응하지 않고 할 일을 하자, 환자가 바닥을 가리키며 불만스레 말한다.

"야, 너는 허드렛일 좀 해."

어떤 때는 목이 마르니 물을 달라고 요구한다. 당연한 요구사항이나, 위장 관계 수술을 한 환자, 심지어 아직 장운동이 시작되지도 않은 환자에게 물을 줄 수는 없다. 간호사가 목마름을 덜어주겠다며 스프레이에 물을 담아 입에 뿌려주자 갑자기 화

* 혈관조영술 시 대퇴부에 있는 큰 혈관을 통해 들어가는 긴 관. 일반적으로 시술 목적으로 직경이 두껍기 때문에 지혈이 오래 걸린다. 시술 종료 후 관이 제거된 환자는 지혈이 확인된 후에도 재출혈을 막기 위해 여섯 시간 동안 다리를 굽히지 않고 똑바로 누운 자세를 유지해야 한다.

를 내더니 입속에서 침을 모아 간호사에게 뱉는다.

있었던 일이다. 위의 환자는 담당의가 와서 지금 물 드시면 안 된다고 다시 설명하자 잠잠해졌다. 담당의가 했던 말은 아침부터 담당 간호사가 수십 번은 반복해서 했던 말과 전혀 다를 바 없었다.

우리가 흔히 말하는 공감을, 공감 피로와 상관없이, 진심으로 할 수 있다고 치자. 위의 일은 모두 실제로 있었던 것이다. 우리가 위의 일을 한 환자들에게 공감하기 쉬울까? 옆 환자가 죽을 것 같아 그에게 신경 쓰느라 간호사가 자신을 챙겨주지 못해 기분이 상한, 안전을 위해 물을 마시면 안 된다고 하는 간호사에게 화풀이를 하고 싶어하는, 순순히 반응해주지 않아서 짜증난, 허드렛일을 하지 않아서 기분이 상한 환자에게 공감하면, 간호사의 마음은 어떻게 될까?

우리 일은 인간의 가장 소소한 욕구와 지저분한 일까지 돌보아주는 것이다. 그게 전인 간호다. 그러나 그것이 우리가 그런 괄시를 받아야 할, 화풀이 대상이 되어야 할 이유가 될까?

병원과 연이 깊지 않은 사람들은 환자와 간호사의 관계를 종종 왜곡해서 상상한다. 연약하고 측은한 환자와 간호사의 관계를 상정한다. 공감하지 않는, 친절하지 않은 간호사들은 그래서 종종 비난의 대상이 된다. 그러나 약한 것이 모두 선한 것은 아니다.

어떤 환자들은 일생을 살면서 결코 말 섞고 싶지 않은 부류의 사람들이다. 어떤 사람들은 질병이 그들을 그렇게 만들었다. 그러나 어떤 사람들은 본래 그렇게 태어난 것 같다. 그들의 가족은 보통 두 유형으로 나뉜다. 첫째, 가족 구성원 모두 그와 비슷한 성격이다. 둘째, 우리를 마주하면서 늘 송구함이 만면에 가득하고 우리가 말을 꺼내기도 전에 사과의 말을 먼저 한다. 마치 일생을 그렇게 살아온 것처럼.

그 환자들은 중환자실에 입실한다고 해서 갑자기 가냘프고 가여운 성정으로 탈피하지 않는다. 보통은 본인이 타고난 것에 더해 더 예민하고 불안해진다. 이런 사람들이 우리 일상에 등장하면 동영상이 찍혀서 인터넷에 올라가고 사회적 지탄을 받는다.

그러나 병원에서는 그럴 수 있는 일이다. 담당 간호사가 모욕을 당하거나 얻어맞거나 신경 수초가 탈락하는 기분이 들 때까지 집요한 괴롭힘을 당하더라도 환자가 한 일이니 그럴 수 있다.

차지를 보는데 보호자가 갑자기 불러내서 말한다. "아까 아버지랑 통화하는데 담당 간호사 좀 바꿔줬으면 좋겠다고 하세요." 이유를 물으면 그는 한참 머뭇거리다가 말한다. "그…… 얼굴이 마음에 안 드신대요." "예? 얼굴이요?" 그는 안절부절못한다. "아픈 분이니까요. 죄송하지만 어제 봐주신 분은 마음에 드신다고."

"선생님 저희는 의료진이에요." "알아요. 정말 죄송한데요, 아버지가 사업을 오래 하셔서요. 여자분들을 좀 그렇게 보세요. 정말 죄송한데요, 한 번만 안 될까요?" 나는 이날 환자가 아들에게 뭐라고 말한 건지 원문 그대로가 알고 싶었다.

어떤 환자는 처음 들어가 인사하면 다짜고짜 본인의 전 직업부터 말한다. 내가 무역회사에서 임원이었어. 내가 ○○대학 교수야. 내가 벨기에 공관이었어. 내가 여기 병원장이랑 아는 사이야. 이런 분들의 공통점은 꼭 반말을 쓴다는 것이다. 혹은 존댓말을 써도 나를 미스 김이나 아가씨라고 부른다. 언니라고 부르는 사람도 봤다. 옛날에는 성별 구분 없이 나이가 많은 사람을 언니라 불렀다고 배웠다. 그럼 내가 환자를 언니라고 불러야 할 것 같지만 문제는 그게 아니다.

"아가씨는 허리가 아주 날씬하네. 허리 몇 인치야? 24?" "환자분, 왜 그런 걸 물으시죠?" "내가 재봉사로 오래 일해서 딱 보면 알거든." 거짓말이다. 간호 정보 조사지에 기록된 이 환자의 직업은 의료기기 도매업자다.

"간호사님들은 다들 예쁘네. 끝나고 소주 한잔 할래?" 뭐 환자가 주장하는 대로 소주를 환자의 대정맥에 연결되어 있는 투석기가 걸러줄 테지만 그럴 수는 없지.

"찬물 떠와. 안 차갑잖아. 다시 떠와. 너 이게 찬물이야? 내가 병신인 줄 알아?" 이 환자는 물컵을 던졌다. 나를 맞히고 싶었던 것 같은데 빗나갔다. 차라리 맞고 병가라도 갈 수 있었다면 좋았을 뻔했다.

뭐 딱히 자세를 바꿀 근력이 안 되는 것도 아닌데 아마도 불안 혹은 다른 심리적인 이유로 간호사들을 불러 자신을 들어 자세를 이렇게 바꿔달라, 저렇게 바꿔달라 5분마다 요구하는 사람도 있었다. 이런 환자들은 움직이지 못하는 척하는데 어느 순간 번쩍 몸을 일으켜 TV 리모컨을 집는다거나 침대 옆에 있는 전화기를 집으려고 몸을 굴린다거나 하는 행동을 보여 간호사에게 들통난다. 아무튼 우리가 그걸 몰랐을 때는 환자가 불편하다니까 뭐든 해야 되지 않겠는가. 환자 몸을 한 명이 들어 옮기는 건 불가능하므로 여러 명의 간호사가 한없이 밀려 있는 일들을 버려두고 뛰어온다. 보통 중환자실에 오래 근무한 간호사들의 허리와 손목은 그런 식으로 만신창이가 된다. 몹시 충실한 근력을 들킨 후에는 어림도 없지만 그러나 환자에게는 볼모가 있다. 요구를 들어주지 않으면 동맥관을 슬금슬금 만진다. 중심정맥관을 잡아당긴다. 억제대를 적용했음에도 불구하고 환자들은 누워서 종일 어떻게 하면 관을 뽑을 수 있을지 연구한다. 관이 한번 뽑히면 간호사는 근접오류 보고서를 쓴다. 누구의 근접오류인지는 모르겠지만 병원에서는 간호사에게 시말서에 가까운 것을 요구한다.

환자 자신의 자해로 손상을 입으면 담당 간호사는 차지나 부서장에게 불려다니며 해명을 해야 하고, 근무 시간이 끝나면 남아서 보고서를 작성해야 한다.

어떤 환자는 알츠하이머 치매 혹은 섬망이 지독하게 온다. 보호자가 자신을 버렸다, 의료진이 자신을 가두고 있다, 여기에 불이 났다고 믿어 의심치 않는 나머지 탈출하기 위해 우리를 때리려들거나 무언가를 던진다. 이런 환자는 왜 꼭 군인 출신이거나, 아주 건장하거나, 어디서 나오는지 모를 초월적인 힘을 발휘하는 걸까.

어떤 환자는 그냥 살기 싫어한다. 물론 중환자실 치료를 받겠다고 동의했지만 어쨌든 지금은 싫고 우리가 하는 모든 처치는 그에게 격노의 대상일 뿐이다. 심지어 동의서도 격노의 대상이다. 환자의 마음이 바뀔 수는 있다. 그렇다고 DNR 동의도 없이 환자가 여기서 죽도록 내버려둘 수는 없다.

어떤 환자는 본인 상태가 나빠 일반병동 이동이 취소되면 침상 위에서 일어서고 뛰어내리려들며 욕설을 한다. 담당 간호사가 이를 제지하면 이름이 뭐냐고 묻는다. '너 내가 여기서 나가면 절대 가만두지 않을 거야.' 이런 사람 중 일부는 보호자에게 거짓말을 지어내 간호사가 자신을 학대했다고 말한다. 그 간호사는 죄지은 것도 없이 자꾸 파트장에게 불려가다보니 억울해서 울고 눈이 빨개져서 돌아온다.

취객이 사장 불러오라며 삿대질하듯이 "야, 수간호사 불러와!" 하는 사람도 있다. 나도 수간호사 불러와서 우리가 이런 식으로 일하느라 얼마나 죽을 것 같은지 보여주고 싶었는데, 이런 요구는 꼭 파트장 퇴근 후인 한밤중에 이뤄진다.

어떤 환자는 수술 후 입실해 혈압이 낮고 출혈 위험성이 있으나 수면제를 원한다. 당연히 줄 수 없다. 그러나 납득하지 않는다. 당신들은 잠을 못 자 미쳐가는 나를 이해 못 해. 그는 소리치고 손 닿는 모든 걸 뜯어내고 치료를 모조리 거부한다. 그를 돌보는 간호사들도 수면장애를 이해한다. 그들은 교대근무에 지쳐 며칠간 4시간 남짓을 자기도 하고, 수면제가 없으면 한순간도 자지 못하는 사람도 있다. 그러나 할 수 있는 말은 없다. 묵묵히 물건이 날아오면 피한다. 운이 나쁘면 맞는다.

이 문장들은 짧다. 우리가 시달리면서 보내는 시간에 비하면 얼마나 공허한가.

어떤 날들에 우리는 영겁처럼 남은 출소일을 기다리는 장기수처럼 근무에 임한다. 우리는 근무가 끝나려면 몇 시간이 남았는지 자꾸 세고 또 세어본다.

그러나 우리는 그런 환자에게도 측은지심을 가져야 한다. 마음으로부터 그럴 수 없다면 그런 척이라도 해야 한다. 질병이 그들을 그렇게 만들었다. 그것은 병의 증상이며 비난의 대상이 아니다. 그렇게 생각해야 한다. 그러기를 요구받는다. 병을 이유로 우리에게 가해지는 폭력과 무시를 용서하고, 설령 내게 그럴 의사가 없더라도 다른 사람들이 나서서 대신 용서한다.

그러나 우리가 당한 학대와 이미 입은 몸과 마음의 상처는 그대로 남아 우리를 괴롭힌다.

여기서 우리는 어떤 인성들의 밑바닥을 본다. 그 바닥을 바라보는 우리는 그것을 닮아간다.

상스러운 말들에 곱게 대처하는 간호사는 더 만만하고 괴롭히기 편안하다. 대체로 신규 간호사들이 그렇다. 그래서 신규 시절을 지나면 우리는 억세고 거칠어진다. 원하지 않아도 점점 더 그렇게 된다.

요 며칠 후배가 부쩍 기운 없어 보여서 신경이 쓰였다.

후배가 말했다. 환자를 물건처럼 보게 되는 것 같아요. 그냥 너무 힘들고…… 전에는 참을 수 있었는데 지금은 못 참겠어요. 제 자신이 자꾸만 통명스러워져요.

그건 선생님이 스스로 마음을 보호하기 위해 하는 일이에요. 내가 대답했다.

측은지심은 본인이 측은하지 않아야 생긴다. 본인 삶이 너덜너덜하고 무너져가는 상황에서 타인에게 관대하고 다정한 것은 각고의 노력을 요구하는 일인 데다, 심지어 노력을 기울여도 겉모습의 일부를 그런 척 꾸미는 것만 가능하다. 이미 밈이 되어버린, 표정 없고 기계적으로 친절한 목소리를 내는 간호사들은 그렇게 탄생한다.

매일 죽어나가는 환자들의 고통에 매 순간 공감해야 하는 것이 우리 일이라면, 우리는 하루도 견딜 수 없다. 그 고통은 무겁고, 많은 사람은 그걸 어떻게 견뎌야 할지 몰라 미숙하고 어려진다. 그들의 분노는 사정없이 우리에게 투사된다. 여기는 슬픔이 모인 곳이다. 삶에서 가장 힘든 순간을 보내고 있는 사람들과 그 가족이 들어와 머물며 그 감정을 우리에게 던지고 간다. 여기서 우리는 어떤 밑바닥을 본다. 그 바닥을 바라보는 우리는 그것을 닮아간다. 그러지 않기가 너무 힘들어서, 누군가는 매일 괴로워한다.

한때는 그렇게 생각했다.

누군가의 슬픔이 내 마음을 저리게 할 때마다, 모두의, 인류의 슬픔을 알고 싶었다. 왜 인간은 바닥까지 서로 이어져 있지 않을까. 절망하는 사람들을 위로하고 싶었다. 불타는 다정을 주고 싶어서 안달이 났다. 그러나 지금 나는 안도한다. 내 고통을 당신은 모르고, 당신의 고통은 내게 나뭇잎 한 장의 무게도 줄 수 없다. 한때는 그걸 안타까워했다. 그러나 지금은 그것이 우리를 보호하고 있다고 생각한다.

인류에게, 내 환자에게 측은지심을 갖기 위해 나를 측은히 여길 수 없다면, 예수나 부처가 아니고서는 대체 누가 견딜 수 있단 말인가. 측은지심이 없는 인간을 인간이라 할 수 있을까. 내 직업은 간호사인데 내가 이토록 냉혈할 수 있단 말인가. 우리는 경계에 선다. 인간과 금수의 경계. 이 일을 하면서, 인간이기가 가장 어렵다.

화장실 갈 틈도 없이 일이 몰아쳐 팬티에 소변을 좀 지린 적이 있다. 생리혈이 새고 바지까지 젖어서 다른 간호사가 발견한 적이, 심지어 그걸 안 채로도 생리대를 갈러 갈 수 없었던 적이 있다. 이런 일은 흔하다.

화장실을 못 가고 소변을 계속 참아서, 물을 못 마셔서 방광염이, 식사를 못 해서 위염이, 십이지장 궤양이 생기고, 스트레스로 메니에르병에 걸려서, 환자를 들다가 허리 디스크가 터져서, 무거운 기계를 들어 옮기다 손목 관절이 망가져서 그만둔 동료들의 이름을 떠오르는 대로 열댓 명은 주워섬길 수 있다. 그들은 대부분 산재 처리도 받지 못했다. 우울증, 불면증 약을 먹는 사람들은 그냥 그걸 겉으로 말하느냐 안 하느냐 하는 점에서만 다를 뿐이다.

놀라울 것도 없이 우리 삶은 종종 비참하다. 사실은 자주, 우리 삶은 존엄하지 않다. 전신이 너덜해지도록 애쓰고 뛰고 서두르다 지친다. 우리가 이런 것을 참아내는 이유가 오직 돈벌이 때문이라고 하는 사람들도 있겠지만, 보통은 그런 이유로 인간의 조건까지 고민하면서 남아 있지는 않는다. 사실 이런 걸 감당하고도 남을 이유가 될 만큼 급여를 많이 주지도 않는 것 같다. 다들 그런 일을 당하면서 일하고 사는 거라면 그럴 수도 있겠다 싶다. 하지만 그렇게까지 해서 살아가는 사람이 태반이라면 이 시스템은 정말이지 문제가 있는 것 아닌가.

그토록 죽어라 일해서 우리에게 돌아오는 게 이런 것이라면, 어떻게 화가 안 날 수 있을까. 그러나 있는 힘을 다해 참는다. 환자가 도무지 사랑하기 힘든, 안쓰럽게 여기기 불가능한 사람이면 참기가 너무 어려워진다. 그래서 짜증이 새어나간 날이면 퇴근하고 집에 누워 내가 사람 새끼인지 금수인지 고민한다. 내가 다 죽어가는 암환자한테 짜증을 냈어. 어떻게 그럴 수가 있지?

그리고 다음 날 출근해 더 힘껏 나를 착취한다. 더 공감하자. 힘든 사람들이야. 다정하게, 더 친절하게. 그러면 환자들 중 일부라고 하고 싶지만 사실은 태반이 더 많은 걸 요구한다. 이것도, 저것도, 그것도 해주세요. 그러면 어느 순간에는 지쳐서 또 짜증을 내고 또 집에 드러누워 반인반수의 고민을 한다.

이게 매일 간호사가 보내는 날들이다. 반인반수의 날들. 지금까지 모든 환자가 경계에 선 간호사의 치열한 내적 고민과 볼모로 잡힌 측은지심에 기대어 친절을 받아갔다. 누구라도 환자를 가족으로 두지 않았던 적이 있나. 그 분주하고 치열한 내적 고민의 아래에 있지 않았던 적이 있나.

우리는 희망이 보이지 않는 순간에도 의연해야 한다. 그런데 이게 가능한 일인가? 우리는 안타깝게도 기계가 아니다. 병원은 그걸 바라는 것 같지만, 공교롭게도 우리는 누구나처럼 섬세한 감정을 가진 인간이다. 그걸 가진 사람이 존엄과 공감을 잃지 않기 위해 매일 투쟁해야 하는 장소가 병원이다.

사실은 이것보다 훨씬 나을 수 있었다. 단순하다. 일이 덜 바쁘고 덜 힘들면 된다. 스스로가 비참하지 않으면, 측은하지 않으면 더 친절할 수 있다. 더 관대할 수 있다. 그냥 간호사를 조금 더 충원하면 된다. 그럴 수 있는 법을 만들 기회가 수십 번 있었다. 그걸 놓쳐서 지금 간호사의 절반은 일을 그만두고 나머지 절반은 반인반수가 된다. 그리고 아무도 신경 쓰지 않는다.

그러나 무슨 상관이란 말인가? 이런 지저분하고 짜증나는 일은 아무도 궁금해하지 않는다.

하지 못한 말

중환자실에서 일하다보면 어떤 얼굴을 마주한다. 죽음이 임박한 환자의 가족들이다. 두려움과 미약한 희망이 뒤섞인 그 얼굴들을 보면서 우리는 갈등한다. 어디까지 말해야 할까.

보통 우리의 설명은 날카롭지 않다. 견디기 괴로운 소식은 구체적으로 전하지 않는다. 아버님께서 매우 위독합니다. 노력하고 있지만, 많이 어렵습니다. 죄송합니다. 이 정도가 둥근 말에 해당된다. 그러나 이 말은 솔직하지 않다. 우리가 매일 어루만지는 환자는 신장 기능을 잃어 온몸이 부어오르고, 혈압을 올리기 위해 최대로 쓰는 승압제의 부작용으로 손발이 검게 썩어들어가고, 응고 장애로 전신의 안팎이 피투성이가 된다. 폐에서 올라온 선지피가 울컥거리고, 장 출혈 때문에 피똥이 쏟아지는데 치우려고 돌려 눕히다간 심박수가 늘어질까봐 우리는 손도 못 대고 부패한 피 냄새 옆에서 맴돈다. 이 모습은 결코 전할 수 없다. 이건 너무 선명해서 날카롭다. 이미 미어져 남아나지 않은 가족들의 마음을 들쑤셔 상처를 낼까봐 우리는 말하지 않는다. 어떤 보호자는 우리의 설명이 충분치 않다고 생각한다. 혹은 환자가 그토록 가망 없는 고통을 헤매고 있다고까지는 생각지 못해 우리를 비난한다. 그래도 우리는 침묵한다.

내가 말하고 싶은 것은, 죽음은 위독이나 경각 같은 단어로는 설명할 수 없다는 점이다. 손에 잡히는 실체라는 것이다. 이건 만지면 아프다. 정말 아프다. 그러나 우리는 매일 죽음을 만지는 사람들이다. 그 들숨과 날숨이 어떤 모양으로 일그러지고 끝내 스러지는지 매일 눈앞에서 지켜본다. 그 선명한 고통이 우리를 일으킨다. 그래서 우리는 매일 최선을 다한다. 자꾸 사그라드는 숨결을 찾아 전속력으로 뛴다. 설령 잘 안 되더라도. 그래, 희망이 없어 보이는 순간에조차 온 힘을 다해 돌봤고, 더 이상의 최선은 없었다는 것. 그게 우리가 표하는 존중이다.

1차 팬데믹으로 위협받던 대구에 다녀와서, 나는 몇 편의 글을 썼다. 대구 코로나19 중환자실에서 한 달간 파견근무를 했던 경험에 대한 것이다. 이 중 한 편은 책으로 출간되었고, 다른 여러 편은 신문 기사가 되었다. 나는 그 글들에서 한 가지 이야기를 반복했다. 우리는 준비되어 있지 않다는 것이다. 전체의 10 퍼센트도 안 되는 공공 의료 병상은 한없이 모자라고, 코로나 이전에도 열악한 근무 환경으로 숙련된 중환자실 간호사 수가 전국적으로 부족해, 함부로 차출했다가는 메꾸지 못할 의료 공백이 나오게 생겼다. 결과적으로 중환자실에 입실한 코로나19 환자의 사망률은 결코 낮지 않다. 우리는 한없이 취약하고, 우리 모두를 지키기 위해 당장 공공 의료를 확충해야 한다. 어렵게 경력을 쌓은 간호사들이 임상을 버리지 않도록 말도 안 되는 업무 강도를 낮춰야 한다.

2차 팬데믹이 터질 때까지 나는 비슷한 내용을 반복해서 쓰고 말했다. 모두가 알게 하기 위해 최선을 다했다. 거의 매달렸다고 해도 좋다. 누군가 물었다. 원래 변화는 천천히 오는 법이야. 왜 이렇게 조급해해? 나는 감히 말한다. 그곳에서 내가 본 모든 죽음이 유리처럼 날카롭고 선명했기 때문이다. 그것들이 매 순간 나를 찔러대서, 나는 쫓기고 있었다.

고백하건대, 나는 내 글에 대해 부채감을 느낀다. 그 속절없는 죽음들에 대해 내 글은 솔직하지 못했다. 나는 내부에서 일어난 일들을 사실 그대로 담지 못했다. 내가 기록한 현장의 일들은 모두 가장 인력 상황이 좋고 물자 지원이 나쁘지 않았던 몇 번의 기억을 모아 누덕누덕 기운 것이다. 사실은 간호사가 부족해서, 시설과 병상이 갖춰지지 않아서 모두 미친 사람처럼 뛰어야 했다. 그 와중에 무엇이 지연되었는지, 무엇을 건너뛸 수밖에 없었고 그것이 얼마나 치명적이었는지, 무엇을 발견하지 못했는지, 발견했을 때 얼마나 늦어 있었는지, 얼마나 숨이 멎도록 미안했는지 적지 못했다. 내 글은 엉망이 된 시신 위에 덮은 흰 시트 같은 것이다. 그것을 읽은 사람들은 어슴푸레한 윤곽을 더듬어 짐작하지만, 그 처참한 얼굴은 알지 못한다.

우리는 의욕만큼 달려보지도 못했다. 우리가 열심히 하지 않아서가 아니라 간호사가 너무 모자라서, 훈련되어 있지 않아서. 아무리 애써도, 매일 녹초가 되도록 진을 빼도 도무지 닿을 수가 없어서 속절없이 환자들을 잃어버렸다.

그것들을 적지 못했다. 나는 지금 이 글에서조차 솔직하지 않다. 죽음의 모서리를 환자의 가족들이 모르기를 바란다. 아니, 알아야 한다. 그들의 죽음이 석연치 못했다는 것, 다른 환경에서는 어떤 가능성이 있었을지도 모른다는 것, 그래서 그 죽음들이 존중받지 못한 죽음이라는 것을 알았으면 한다. 막을 수 있는 죽음을 이제는 멈추기 위해 우리와 힘을 모아주시면 좋겠다.

국가는 공공 병상을 확대해야 한다. 감염병이나 외상같이 돈벌이는 되지 않으나 필수적인 의료 영역은 민간이 유지하지 못

한다. 이미 1차 팬데믹에서 우리 모두가 그것을 목격했다. 이제는 병상과 시설이 모자라 손쓰지 못하는 죽음이 생긴다면, 국가 책임이 된다. 지금 즉시 공공 병원을 확충하고, 예산을 투입해야 한다.

국가는 간호 인력의 누수를 심각하게 받아들여야 한다. 환자와 가장 밀접한 곳에서 기민하게 움직여야 할 간호 인력이, 특히 경력자들이 매 순간 완전히 소진된 상태로 현장을 떠난다. 견딜 수 없이 힘들기 때문이다. 환자 대 간호사 비율 법제화, 신규 간호사 교육 제도 정립, 안전한 근무 환경 확보. 이 기본적인 요소는 수십 년간 일선 간호사들이 주장해왔던 것이다. 긴 시간 동안 국가는 이것을 무시해왔고, 노동 조건의 개선 없이 신규 간호사들만 양성했다. 이들은 고스란히 면허를 활용하지 않는 유휴 인력이 되었다. 이제 우리 곁에는 제대로 일할 수 있는 경력 간호사가 심각하게 모자라다. 여기서 파생되는 피해는 끔찍한 몰골이고, 그건 우리 모두의 몫이다. 이제 국가가 개입해야 한다. 지금 당장 해야 한다.

그리고 국가를 움직이는 것은 국민이고 여론이다. 손쓸 수 없어 그저 지켜본 죽음들을 계기로 여론이 우리와 함께 움직여주기를 바란다.

그러나 그 죽음이 구체적이지는 않기를 바란다. 통제할 수 없는 병으로 환자를 잃은 가족들의 상처를 들쑤시고 싶지 않았다. 그게 무엇이든, 내 글이 타인의 아픔을 파헤쳐 코앞에 들이대는 것이 되기를 바란 적 없다.

그래서 말하지 못했다. 우리가 주무르던 죽음의 적나라한 모서리들은 그냥 깊숙이 삼켜버렸다. 그것들을 여기저기 막 부려놓았으면 어땠을까. 차라리 모두가 뚜렷하게 실상을 알고, 유리에 베이듯 아파 소스라쳤다면. 브리핑에서 언급되는 죽음의 숫자가 실제로는 어떤 모양인지 사람들이 알았다면, 무언가 변하지 않았을까. 어쩌면 그게 최선일 수도 있지 않았을까. 그렇지만 도무지 말할 수 없었다.

그것은 이제 모두 내 몫이 되었다. 잠들지 못하는 밤이면 속 깊은 곳에서 말하지 못한 죽음들이 원망처럼 올라온다. 그러면 꾹 눌러 삼킨다.

3장

강가에
고요히 앉아

『도덕경』에 이런 부분이 있다. 누군가 너에게 해악을 끼치거든 앙갚음하려들지 말고 강가에 고요히 앉아 강물을 바라보아라. 그럼 머지않아 그의 시체가 떠내려올 것이다.

이것은 인과응보에 대한 글이다. 나는 이 글이 이토록 오랫동안 기억되고 다시 읽히는 것은 인과응보가 실재하기 때문이 아니라고 생각한다. 이것은 해를 입은 사람을 위로하기 위한 구절이다. 비록 해를 입었어도 마음만은 고요하기를, 물처럼 흘러가기를, 비록 현실이 그렇지 않더라도 그럴 것이라고, 어떤 정의가 실재하리라고 믿고 그냥 모두 묻어버리며 평온하기를 바라는 말이다.

당시 그는 외과 강사였다. 태도가 친근하며 적극적인 사람이었고, 우리는 출근하는 날마다 그를 만나고 그와 함께 일했다. 병실 앞에 의자를 갖다놓고 앉아 손끝으로 우리를 부르거나 약물의 농도를 올리거나 내리라고 시키는 일이 많았다. 오만하다고 생각했지만 그는 대체로 친절했다. 우리를 대하는 의사들은 짜증이 많고 습관처럼 빈정거렸다. 우리가 듣는 것이 짓씹는 욕이나 반말일 때도 있었고, 그들과 통화를 하면 차라리 뺨을 맞고 싶다고 생각될 때가 많았다. 그래서 약간의 친절로도 우리는 참 쉬운 사람이 되었다.

아래는 그가 우리에게 한 쉬운 일 중 직접적인 것들 일부를 기술한 것이다.

1. 우리 중환자실의 모든 병실은 1인실이다. 방 안에는 침대와 환자의 모니터, 그리고 주로 간호사들이 사용하는 컴퓨터가 있다. 그는 담당 간호사가 컴퓨터 앞에 서 있을 때 뒤쪽으로 다가와 환자의 흉부 엑스레이를 화면에 띄워달라고 했다. 간호사가 사진을 띄우자 그는 한 팔로 벽을, 한 팔로 마우스를 잡았다. 그의 가슴이 간호사의 등에 닿았다. 그의 양팔 안에 갇힌 간호사는 몸을 굽혀 팔 아래로 빠져나왔다.

2. 간호사는 환자의 방 앞에 서 있었다. 그는 아침 회진을 끝내고 다른 환자의 방에서 나가려던 참에 간호사와 마주쳤다. 눈이 마주치자 그는 간호사의 모습을 위아래로 훑었다. 간호사는 피부 위로 뭐가 굴러다니는 것 같다고 생각했다. 그는 야릇하게 웃으며 말했다. "마스크 벗으니까 같은 사람인 줄 몰랐네. 벗은 게 더 예뻐요, 벗고 다녀요." 그 말을 들을 당시에는 아무 생각을 할 수 없었고, 추후 돌이켜볼 때도 그가 (마스크)를 생략한 것 아니겠느냐, 고 모두가 말할 것을 알았다. 그러나 직접 들은 사람은 그게 무슨 뜻인지 안다. 말한 사람도 알 것이나 그가 인정할 리 없다는 것도 안다.

3. 분주했다. 간호사는 약을 가지러 병동을 뛰어다녀야 했다. 그는 대체로 간호사들의 상체를 건드리는 편이었다. 어떤 때는 간호사의 가슴께에 달린 명찰을 잡아당겼다 놓았다. 릴 홀더가 늘어났다 줄어들면서 명찰은 가슴께를 쳤다. 어떤 때는 허리를 손가락으로 찔렀다. "아!"라고 소리를 쳤다. 그게 가능한 최대의 저항이었다.

나를 포함해 모두 세 명이 모였다. 우리 부서에서 가장 연차가 어린 신규 간호사들로, 일이 서툴고 지금 당하는 것이 폭력인지 내가 모자라서 어쩔 수 없이 지불해야 하는 대가인지조차 구분하지 못했다. 그때는 그런 일이 많았다.

우리는 사실을 인지하고 나서 망설였다. 너무 별거 아니지 않아? 모두가 그런 생각을 하고 있었다. 이것보다 더 심하게 당한 사람도 아무 일 없었던 것처럼 넘어가는 사례를 우리는 이미 아주 많이 알았다. 그러나 더는 겪고 싶지 않았다. 정말이지 그만 당하고 싶었다.

내가 당했던 일을 병원 밖의 친구들에게 말했을 때 그중 한 명이 말했다. 나는 그거 성추행인지 모르겠어. 친구의 말이 몇 톤이나 되는 듯이 나를 눌렀다.

어떻게 할래? 답을 찾는 데는 며칠이 걸렸다. 우리는 여성의 전화에 연락해 상담을 받았고 노조에 알리라는 조언을 들었다. 우리는 그냥 부서장을 찾아갔다. 신고도 고소도 우리에게는 어려웠다. 우리한테 더 그러지 않았으면 좋겠는 거지, 처벌이나 그런 거는 우리가 못 할 것 같아. 누군가가 말했다. 각자 이유는 달랐겠지만 적어도 나는 일도 잘 못하면서 이런 일을 만들면 우리가 어떻게 될까를 걱정했다. 그 걱정은 강력했다. 대체로 이런 유의 가해를 하는 이들은 그런 감정을 귀신같이 알아차리는 것 같다.

두려움.

고백하건대, 부서장을 찾아가는 것도 나는 동기에게 맡겼다. 겁쟁이. 내가 가장 연장자였는데도, 이전에도 이런 일을 겪고 해결해본 경험이 있는 유일한 사람이었는데도, 나는 어린 동생 뒤에 숨었다. 그 후로 밤마다 후회했다. 내가 겁쟁이여서. 무서우면 도망치는 사람이어서 이후의 일들은 모두 뒤에 숨어 전해 들은 것이다.

이건 파트장의 말이다.

"나는 옛날 사람인가봐. 그게 왜 문젠지 잘 모르겠다. 그렇지만 선생님들이 고충이라고 생각한다니 그러지 말라고 얘기해볼게."

그는 예전에 테니스 스커트를 입고 출근한 우리 중 한 명에게 이렇게 말한 적이 있다.

"선생님들이 그렇게 짧게 입고 다니니까 성폭행 같은 걸 당하는 거야."

나는 이 얘기를 들었을 때 드라마 속 대사인 줄 알았다. 그 애는 다시는 테니스 스커트를 입고 오지 않았고, 같은 맥락에서 여름날의 샌들도 민소매나 반바지도 마찬가지 전철을 밟았다. 히잡이라도 써야 하나봐. 그런 농담을 누가 했었다. 그래서 나는 그 말을 듣고 별로 놀라지 않았다.

그 강사가 파트장과의 면담에서 몹시 억울해했다고 했다. 얼굴뿐 아니라 목까지 빨개졌다고 전해 들었다. 그는 이렇게 말했다고 한다. "그 선생님들이 '여동생 같아서' 친근하게 대한 것뿐이에요." 파트장은 그 말을 전해주며 '다시는 안 그럴 것'이라고 했다.

선배 한 명은 그 강사에게 이렇게 말했다. "우리 신규들 하나같이 참 예쁘죠?" 이 말을 들은 그의 얼굴이 붉게 달아올랐다고 전해 들을 때 나는 정말이지 그 따위 것 알고 싶지 않다고 생각했다.

다른 부서의 한 책임간호사는 우리가 벌인 짓을 듣고 웃었다고 했다. "그가 그런 오해를 좀 살 수는 있을 것 같아."

그는 '조심하겠다'고 했다. 그리고 우리는 다음 날에도 그다음 날에도 그를 만났다. 그의 존재만으로도 우리는 소리 없이 신경이 곤두섰다. 부서장은 우리가 말한 것을 얼마나 구체적으로 그에게 설명했을까? 그가 그 얘기로 우리를 구분해낼 수 있을까? 그가 그 얘기를 꺼내면 어떻게 반응해야 하지? 웃어야 할까?

만약 그가 앙심을 품은 거라면 어떻게 하지? 그가 내 환자를 봐주지 않으면, 그가 내 실수를 발견하면, 나를 괴롭힐 마음을 먹으면? 그러면 속절없이 당해야 해 몹시 불안했다. 중환자실 전담으로 일반외과 교수님이 와서 외과 환자를 봐주기 시작할 때까지.

나는 그 교수님이 좋은 사람이라서 좋았고, 그 덕분에 그 강사가 우리 중환자실에 올 필요가 없어져서 좋았다. 교수님이 여자라서 좋았다. 그때는 어리고 솔직해서 심지어 교수님을 정말 사랑한다고 직접 말까지 했다. 그 교수님이 완전히 발령을 받은 날, 정말로 여기 계속 있을 것을 확인받은 날 나는 울면서 집에 갔다. 그제야 나는 내가 얼마나 칼끝같이 긴장하며 지내왔는지를 알아차렸다.

그때 우리가 들거나 전해 들은 모든 말은 2차 가해에 해당된다는 것을 안다.

여동생같이 친근해서, 그의 눈에 예뻐 보여서 우리는 호의를 받았고, 그것을 감히 불편해했으며 오해를 했고 일을 만들었다. 오해, 별것 아닌 일. 우리는 그 말들을 들을 때 더 슬퍼졌다.

나는 개인의 감수성을 비난하고 싶진 않다. 그러나 그런 개인이 조직 내에서 높은 지위에 올라서는 안 된다고 생각한다. 그러면 여러 사람의 마음을 조각낼 수 있다. 우리 마음이 그랬다.

그 사람들은 잘 산다. 그 파트장은 승진했다. 가해자는 한 점 오명 없이 다른 병원의 외과 과장으로 갔다고 전해 들었다. 성폭행을 한 것도 아니잖아. 심지어 성폭행이어도 종종 별일 아닌 것처럼 덮여버린다. 그가 의사라면, 더욱 그렇다.

의사가 아니어도 문제없다.

그는 남자 선배였고, 간호사였다. 키가 작고 강한 억양의 사투리를 썼다. 너스레를 잘 떨었다. 여자 선배들과 부서장에게 식사했는지 묻는 것을 자주 보았다. 동기가 많았고 연차가 높은 선배들은 그를 좋아하며 칭찬했다.

나는 그를 조금 무서워했다. 그가 나에게 인계를 줄 때는 속도가 아주 빨라 지나고 나서는 무슨 말이었는지 알아차리기 힘들었다. 되물으면 짜증을 냈다. 그가 나에게 인계를 받을 때는 더 무서웠다. 그는 가장 천천히 꼼꼼하게 인계를 받는 사람 중 한 명이었다. 실수할 때마다 그는 거친 회초리같이 농담을 했다. 그럴 때는 할퀴어진 마음으로 종종걸음을 걸었다. 자주 그의 눈치를 보고 기분을 살펴야 했다.

손버릇이 나쁘다고 생각했다. 가끔 인계를 받을 때 너무 가까이 온 그의 날숨이 내 뺨에 닿았다. 가끔 그는 여자 후배들의 팔꿈치나 위팔을 만졌다. 불편했다.

그러나 내 환자의 상태가 좋지 않을 때 그는 가장 빠르게 와서 돕는 사람이었다. 그가 도와줄 때 하는 말들은 따갑고 가끔 던지는 농담도 뼈가 있어 아팠다. 가끔 내가 구석에 내팽개쳐진 쓰레기 같다는 생각이 들었지만, 그가 있어서 고마웠다.

내 친구 두 명에게 그가 한 짓에도 그 이름이 붙었다. '여동생 같아서' '친근하게'.

술을 먹고 그는 새벽에 그 애에게 전화를 걸었다. 선배의 전화를 감히 안 받을 수도 없었고 끊을 수도 없었다. 중언부언 이어가는 술 취한 자의 행패를 숨죽이며 받아줘야 했던 밤들.

회식이 끝난 날 그는 술에 취해 그 애의 뒤를 쫓았다. 자꾸 손목을 잡았다고 한다. 뿌리쳐도 소용없었다. 늦은 시간, 산 위에 있는 기숙사로 가면서 그 애는 그에게 따라오지 말라고 소리쳤다. 그는 웃었고, 그 애가 뛰면 그도 따라 뛰었다.

그 애는 입사 초기에 기숙사에서 나와 같은 방을 썼다. 같은 날 밤 근무를 하면 퇴근할 때 같은 길을 걸어 올라갔다. 길은 어두웠고 종종 새소리가 들렸고 가끔은 아무 소리도 안 들렸다. 그러면 우리는 아무 말이나 했다. 우리는 늘 퍽 지쳐 있어서 말이 길게 이어지지 않았지만, 어둠은 깊었고 겁먹지 않으려면 무슨 소리든 내야 했다. 서로가 없는 날에는 택시를 탔다. 나는 그 길을 알아서 그 애가 겁에 질려 뛰어간 길들을 자꾸 상상했다. 그 길의 어둠 속에 던져지고 할 말을 잃은 채 먹먹히 헤맸다.

그 애는 그 길에서 무서웠다고 했다. 나는 더 묻지 못했다.

A는 같은 일을 같은 가해자에게 그보다 몇 달 앞서서 겪었다.

내가 그때 참아서 네가 당한 것 같아, 라고 A가 그 애에게 말했다.

왜 말하지 않았냐고 아무도 묻지 않았다. 우리는 모두 이유를 알고 있었다. 그 시기의 우리는 저항할 수가 없다. 버거운 환자를 봐야 할 때 그가 도와주기 때문이다. 선배들의 호의를 한 몸에 휘감고 다니는 그에게 밉보이면 누구한테 도움을 요청해야 할지 몰랐기 때문이다. 그때는 누구도 우리를 좋아하지 않았기 때문이다. 그러나 A는 내가 본 이들 중 가장 용감한 사람이다.

노동조합은 그 애들이 신고하자 즉시 도와주기 시작했다. 이런 상황에서 우리 편을 들어주는 사람들은 어찌됐건 노동조합뿐이었다. 이때 이후로 나는 신규 간호사가 들어올 때마다 노동조합 가입 원서를 들고 따라다녔다. 가해자는 불완전하나마 분리됐고, 시간이 걸렸지만 그는 정직을 받았다. 그 과정은 지난했고 둘은 폭풍우 속을 지나는 배처럼 위태롭게 흔들리며 견뎠다.

문제는 늘 말들이 돌아다닌다는 것이다. 사람이 둘 이상 모이면 말이 흘러나온다. "피해자도 문제가 있어"라고 했다고 한다. 그 말을 한 사람은 조합 소속이고, 그에게 가해자는 오랫동안 우애를 쌓아온 적극적이며 살가운 직원이자 조합원이고, A는 갓 수습을 벗어난 주제에 이런 문제를 들고일어난 까다로운 친구 아닌가. 그래, 내부에서 한 명쯤은 그런 말을 할 수 있다 치자. 그렇지만 그가 "가해자가 많이 반성하고 있으니까 용서해주세요"라고 피해자에게 말한 것은 정말로 적절치 못했다.

제일 큰 문제는 우리가 매일 함께 보내는 사람들 중 우리를 도와준 이들만 있는 게 아니라는 사실이다.

그는 부서 이동과 정직을 받고 여행을 갔다. 여자친구랑 같이 갔다고 했다. 그런 시간은 오히려 A에게 주어졌어야 했다. A는 칼날 위를 걷듯 숨죽이며 매일 병동으로 출근했다. 오해는 깊었고, 우리는 무력했으며, 이해는 우리 사이에만 있었다. 어떤 선배는 손을 꼭 잡아주고 어깨를 두드렸지만, 그와 매우 친했던 선배들 일부는 그의 말만 믿었다.

그때 A는 너덜너덜한 마음으로 투사된 미움을 견뎠다. A가 한 실수 하나하나는 메아리처럼 온 병동을 휩쓸었다. 그가 억울하다며 부모 앞에서 울었다던 때에 정작 속이 새까매지도록 억울한 A는 부모님한테 말도 꺼내지 못했다. 그 애에게는 기댈 구석이 하나도 없었다. 인사도 받아주지 않는 선배를 피해 A는 소모품 캐비닛 앞에서 나와 물건 개수를 세며 숨어 울었다.

그런 날들을 몇 년간 견뎠다. 대체 그때 왜 그랬어요? A한테 왜 그러세요? 물어야 했는데 나는 그러지 않았다. 겁이 많아서. 비겁해서. 한 번도 용감한 적이 없어서.

사건과 소문은 시간에 의해 희석됐지만 아주 없어지지는 않았다.

그 시기가 지나고 나서 나는 우리 중 한 명과 이렇게 말했다. "그때 거기에 우리 편은 없었어." 그리고 이건 말하지 못했다. 나도 마찬가지야. 한 번도 터놓고 편들어준 적이 없었어.

내 삶에서 가장 힘든 시기에 그 아이들이 얼마나 다정했고, 내게 큰 의미였는지. 실망하고 상처받고 마음 놓아버릴 때 내가 얼마나 셀로판지처럼 얇아지고 찢어질 것 같았는지 적을 수가 없다.

훗날 내 후배들에게 보여주고자 했던 호의는 그때 만들어졌다. 울분을 속으로 삭이지 않아도 누군가는 미워하지 않을 것이라는 확신, 누군가는 도와줄 것이라는 믿음을 줘야 했다. 혹시 우리와 꼭 같은 애들이 기댈 곳이 없어 휘청거릴까봐, 매 순간 딛는 곳마다 살얼음판일까봐. 그때는 우리가 유일한 서로의 편이었지만, 또 그런 날이 오거든 누구도 속울음을 울지 않게 나는 모두가 다 알도록 큰소리로 편들어줄 작정이었다.

그러나 다행히 그 후로 그런 일은 없었다. 있더라도 그때 그 애가 숨을 참으며 열었던 문은 우리 이후의 친구들에게 한결 가벼울 것이다. 두려움 속에서 용기를 냈던 A가 그 무게를 가져갔다. 내가 아는 그 애는 그걸 다 짊어지고도 아무렇지 않을 만큼 단단하지 않아서, 나는 마음이 억울하고 억울해져 자꾸 스스로를 미워한다.

"가끔." A가 말한다.

"프로필 사진을 보는데 잘 사는 것 같아. 행복한 것 같아."

내가 말했다.

"대체 왜 자꾸 들여다보는 거야? 이제 잊어버려야 해." 그러자 A가 답했다. "인과응보를 믿는 건 아닌데, 혹시라도 그런 게 있을까봐 그래."

"안 돼. 그러면 너만 힘들어. 이제 그만 봐야 해. 잊어버리고 없었던 일처럼 지내야 해. 아주 없는 일처럼."

그렇게 강가에 고요히 앉았다. 크게 한번 소리내지 못하고 우리 편은 애처롭도록 약한 서로뿐이었다. 가닿지도 못할 만큼 작은 목소리로 서로를 지탱하며 우리는 살았고 지금은 모두 떠났다.

마지막으로 A가 사직서를 내고 떠날 때, 나는 그 애가 남긴 편지와 이름표가 없어진 장을 보면서 바람 부는 언덕에 혼자 선 것처럼 쓸쓸해져 울었다. 왜 가장 다정한 친구가 가장 나쁜 패만 뽑았을까. 그게 억울하고 안타깝다가 언젠가는 그게 A를 강하게 키울 거라고 생각한 적도 있다. 그러나 그냥 A는 지치고 약해졌을 뿐이다.

A가 떠난 병동을 나는 집도 절도 없는 사람처럼 그냥 견뎠다. 괴로워서 모든 걸 그만두고 싶을 때도 내 편이었던 A를, 내

기댈 언덕을 나는 쉽게도 잃었다. 그 애가 없이도 시간은 강물처럼 흘러갔다. 마치 처음부터 없었던 것처럼.

가해자는 지금도 재직 중이다.

진술서*

박선욱 간호사: 프리셉터 제도의 문제점

저는 간호사 김수련입니다. 신촌세브란스병원에서 5년차, 만으로 4년째 일하고 있습니다. 고인이 되신 박선욱 간호사와 동갑이며, 동일한 부서인 중환자실에서 트레이닝 받았고, 계속 일하고 있습니다. 2년 먼저 비슷한 규모의 대형 병원에 입사했고 프리셉티와 프리셉터, 둘 모두에 경험을 가지고 있습니다.

서울 대형 병원들의 교육 시스템은 서로 흡사합니다. 병원마다 약간의 차이는 있으나 1~2주간의 짧은 이론 교육 후에 병동

* 직장 내 괴롭힘으로 인한 박선욱 간호사 사망 사건에 대한 서울아산병원의 보호 의무 위반 과실 민사소송 재판 중 서울동부지방법원에 제출된 진술서. 2020년 12월 24일 서울동부지방법원은 서울아산병원의 책임을 인정하는 1심 판결을 선고했다.

은 대체로 한 달, 중환자실은 두세 달의 프리셉터 기간을 거치며 실무 교육을 받고, 독립하면 한 명의 간호사로서 제 몫을 해내야만 합니다.

아산병원은 박선욱 간호사 사망 이후에 변화를 도모하고 있다고 들었으나, 박선욱 간호사와 제가 프리셉터 제도하에서 보고 듣고 겪었던 경험은 거의 흡사할 것이라고 생각합니다.

우선, 프리셉터 제도는 간호사들을 교육하는 방법으로서, 일종의 도제식 교육입니다. 일정 기간 한 명의 스승, 즉 프리셉터가 한 명의 제자, 신규 간호사인 프리셉티를 데리고 업무를 수행하는 과정에서 실무를 배우도록 하는 제도입니다. 이것은 국내 병원, 특히 대형 병원의 중증도와 업무 환경에 적용될 경우 매우 열악한 결과를 초래합니다.

이 제도는 전 세계 병원에서 간호사를 교육하는 방법으로 활용되고 있지만 한국의 임상 환경에서는 그저 병원에게만 편리한 제도일 뿐입니다. 프리셉터는 이미 과중한 수준의 업무량을 가지고 있습니다. 본인 환자를 온전히 책임지면서 동시에 프리셉티를 가르쳐야 하고, 그 가르침에 대한 보수는 없거나 들이는 노력에 비해 매우 미약하여 없다시피 합니다. 교육을 위해 추가 근무를 하더라도 추가 근무수당은 없습니다.

프리셉터가 신규 간호사를 가르치는 과정 중에 신규 간호사가 실수한다면 그것은 프리셉터의 실수가 됩니다. 실수에 따른 책임, 즉 보고서 작성(이 중 근접오류 보고서의 내용과 개수는 승진에 반영이 됩니다), 문책, 실수의 수습에 드는 에너지는 전부 프리셉터에게서 나갑니다. 모든 기록과 실무 책임이 프리셉터의 이름으로 들어갔기 때문입니다. 신규 간호사는 그저 죽도록 미안한 마음을 가지고 옆에서 처분을 기다리며 떨어야 합니다. 프리셉터의 인격에 따라 관대한 용서를 받을 수도 있지만, 차라리 죽는 게 나을 괴롭힘을 당할 수도 있고, 당분간 '재 무슨무슨 실수한 애'로 이름 대신 불리면서 조리돌림을 당할 수도 있습니다. 당분간을 견뎌낼 수 있다면요.

누구나 실수를 하면서 배웁니다. 그래서 신입 직원을 교육하는 모든 회사는 실수 또한 교육과정으로 인지해야 합니다. 그러나 병원에서는 신입 직원의 실수가 발생하지 않는다고 보면 됩니다. 책임은 기존 직원의 몫이니까요. 즉, 병원은 비용을 들이지 않으면서 신규 간호사들을 교육하고, 교육과정에서 필연적으로 발생하는 위험은 모두 기존 간호사인 프리셉터의 몫으로 돌립니다. 어찌 편리하지 않을 수 있겠습니까.

몇 가지 이유를 들어 프리셉터 제도의 위험을 설명드리겠습니다.

1. 병원 환경

병원 내의 간호 노동은 굉장히 많은 부분을 포괄합니다. 제가 일하는 중환자실에서만 해도, 환자의 돌봄과 관련된 간호 노동은 그저 일부일 뿐입니다. 각종 서류와 동의서 관리, 수가 산정, 약무국에서 해서 올려줬어야 했을 유해 약물을 분쇄하거나 수액을 만드는 일, 보호자와 의사의 면담 일정 조정, 보호자 응대, 물품과 기기 관리, 위생 관리 모두 간호사의 몫입니다. 이는 병원에서 보조 인력을 채용하는 데 인색하기 때문입니다. 원무과가 처리해야 할 서류와 동의서, 수가, 약사가 처리해야 할 일, 의사가 처리해야 할 일까지 모두 간호사가 떠맡습니다. 물자가 부족하면 그것도 간호사 인력으로 일단 때웁니다. 다른 국가에는 있는 LPN* 제도나 호흡기 전담, 순환기계 테크니션 같은 보조 인력들은 한국에 존재하지 않고, 그 때문에 간호사들은 기본적인 활력 징후vital sign의 확인부터 사람의 힘으로 환자를 들어 움직여야 하는 체위 변경, 그에 더해 에크모ECMO, 지속적신대체요법CRRT, 산소호흡기 같은 치료 기계들의 관리와 조절까지 모두 해야 합니다. 이것은 첫째로, 신규 간호사가 배워야 할 업무에

* Licensed Practical Nurse. 미국에 있는 의료 보조 인력의 한 형태. 간호사의 지시에 따라 혈당 측정, 활력 징후 측정, 체위 변경, 환자의 용변이나 식사 간호 등을 담당한다.

과중함을 더합니다.

신규 간호사는 중환자실에 배정된다면 두 달 혹은 석 달 안에 모든 것을 습득해야 합니다. 특히나 대형 병원은 전국에서 집중되는 환자를 받아 일반 병동에조차 중환자들이 모인 곳이고, 그중에서도 중환자실은 상태가 심각한 환자들이 들어와 발생 상황에 대한 빠르고 적확한 대처를 필요로 합니다. 그러나 몹시 많은 업무를 단시간 안에 배워야 하는 신규 간호사는 교육 기간이 끝난 후 한 명의 간호사로서 해야 하는 업무를 완전하게 해낼 수 없습니다. 도움을 받기는 쉽지 않고요. 현재 한국의 어지간한 대형 병원에서는 숙련된 간호사들조차 자기 자신의 일만 해결하기에도 버겁습니다. 서로 도와가면서 일하는 환경임에도 불구하고, 지속적으로 본인 업무 외에 신규 간호사 업무까지 떠맡아야 하는 동료 간호사들은 스트레스를 호소할 수밖에 없고, 이는 신규 간호사의 죄책감이 됩니다.

둘째로, 이것은 프리셉터의 과중함이 됩니다. 프리셉터는 짧은 기간 내에 신규 간호사를 소위 '사람 만들어야' 합니다. 신규는 곧 본인의 동료가 될 테고, 신규가 해내지 못하는 일들은 본인의 흠이 됩니다.

최대한 효율적인 커리큘럼을 짜고 최선을 다해서 가르쳐도, 시간이 부족합니다. 맡아야 하는 일은 많고 교육은 긴 시간의 투자를 필요로 하기 때문입니다. 간호사의 업무는 실제 해봐야 늡니다. 미숙한 솜씨의 신규 간호사를 기다려줄 수 있다면 좋겠지만, 일은 몰아치고 결국 닦달을 해야 합니다. 신규 간호사가 당황해서 실수가 잦아질수록 닦달도 더 잦아집니다. 프리셉터는 본인이 원하지 않아도 자꾸 나쁜 사람이 됩니다.

2. 인력 수준

업무 과중에 영향을 미치는 인력 수준에 대해 더 자세히 말씀드리겠습니다.

설령 간호사의 인력 수준이 병원에서 설정한 이른바 '적정 수준'이라 하더라도 그것은 미달이라고 봐야 합니다. 상술한 바와 같이 프리셉터는 프리셉티를 가르치면서 동시에 본인 환자를 다 책임져야 합니다. 둘 모두에서 온전하기가 가능할까요? 제가 교육받았고 일하고 있는 중환자실의 예를 들겠습니다. 이곳은 수시로 심폐소생술, 기관삽관 등의 응급한 처치를 해야 하는 중환자가 입실하는 곳입니다. 이런 처치가 필요한 상황에서는 간호사 한 명이 모든 실무를 해낼 수 없습니다. 그래서 다른 간호사들이 덜 응급한 본인의 환자를 내버려두고 뛰어와 우선 도와줍니다. 설사나 구갈, 열, 불안 같은 증상은 이런 상황에서 한 시간쯤 우습게 무시됩니다. 정말 그러고 싶지 않지만 급한 환자가 발생한다면 누구라도 담당 간호사를 도우러 다 내려놓고 가야 합니다. 이런 도움이 없다면 중환자실 업무는 누구도 제대로 해낼 수가 없습니다.

프리셉터의 환자가 심장이 멎었을 때 제대로 트레이닝을 할 수 있을까요? 혹은 프리셉터가 새로운 환자를 받았는데 상태가 매우 심각합니다. 트레이닝이 가능할까요?

위 상황이 아니더라도, 일반적으로 중환자실 간호사의 업무 강도는 아주 매끈한 인계를 받는다 해도 최선을 다해 발버둥 쳐야만 제시간에 종료할 수 있습니다. 법정 휴게 시간 확보는커녕 식사나 용변도 제때 해결 못 해 본인 환자보다 더 심각한 농축뇨를 보는 일도 있고, 퇴근길에 저혈당이 와서 주저앉는 일도, 생리대를 못 갈아서 유니폼에 피를 묻히는 일도 있습니다.

여기에 누구 한 사람을 두 달 혹은 석 달 내에 제 몫을 하도록 교육시키는 일이 추가로 주어졌습니다. 시간이 충분할까요?

그래서 거의 모든 간호사는 프리셉터 업무를 하고 싶어하지 않습니다. 아무 대가 없이 엄청나게 힘드니까요.

울며 겨자 먹기로 신규 간호사를 맡은 프리셉터는 안달이 납니다. 본인 일을 어서 해치우고 뒷번한테 깨끗하게 인계를 줘야만 뒷번도 제때 제 일을 하고 퇴근할 수 있기 때문입니다. 그렇지만 신규 간호사에게 이것저것 설명하고 직접 해보도록 하다보니 자꾸 일이 지연됩니다. 결국 본인이 대가도 없이 추가 근무를 합니다. 그러나 매일매일의 근무가 지연과 추가 근무의 연속이라면, 거기다 만약 신규 간호사가 긴장을 많이 하는 성격이라 실수가 잦고 그래서 더 시간이 낭비된다면? 프리셉터가 온화할 수 있을까요?

혹은 이건 어떨까요. 일반적으로 프리셉티 기간 한 달이 넘어가면 신규 간호사는 환자 한 명을 직접 책임지게 됩니다. 프리셉터가 뒤에서 지켜봐주긴 하지만 신규 간호사는 당연히 미숙할 수밖에 없습니다. 이 와중에 프리셉터가 담당하고 있던 다른 환자에게 응급 상황이 터졌습니다. 프리셉터는 '선생님 환자 잘 보고 있다가 모르는 거 와서 물어보세요'라는 말을 단말마처럼 신규 간호사에게 남기고 본인 환자에게 뛰어들어갑니다. 신규 간호사는 약을 주려는데 용량이 헷갈립니다. 프리셉터를 찾아보지만 프리셉터가 들어간 곳에는 다른 의료진이 빼곡히 들어차 미친 사람들처럼 급하게 움직이고 있습니다. 달리 물어볼 만한 이들도 모두 그 방에 들어가고 없습니다. 망설여지지만 바쁜 프리셉터를 방해할 순 없고 시간은 자꾸 흘러갑니다. 일단 본인이 생각한 대로 약을 줍니다.

프리셉터가 바쁜 상황을 끝내놓고 나와 상황을 파악한 후 신규 간호사에게 비명을 지릅니다. 선생님 지금 환자 죽이고 싶어요?

위의 일은 가상의 상황이지만 아주 쉽게 일어날 수 있습니다. 프리셉터는 근접오류, 혹은 적신호 보고서, 혹은 검사오류 사유서, 혹은 부서장에게 올라갈 보고서를 몇 번씩 써서 승인을 받고 불려가 사유를 설명하며 문책을 받습니다. 문제가 심각할 때는 담당의가 달려와 막말을 쏟아냅니다. 프리셉터가 겪을 일입니다. 프리셉티는 그냥 어디 떨어져 죽고 싶은 심정입니다.

이런 일을 거듭해 겪을수록 프리셉터는 엄격하고 강박적이 됩니다. 환자를 아끼는 마음이 강하면 강할수록 더욱 무서워져야만 합니다.

이런 일을 거듭해 겪을수록 신규 간호사는 본인이 자격 없는 사람, 환자에게 해가 되고 스승에게 폐만 끼치는 머저리처럼 느껴집니다. 점점 더 위축되고, 더 못 하게 되고, 더 실수를 합니다.

이제 프리셉터와 프리셉티 모두 우리가 흔히 아는 태움 문화의 정석적인 캐릭터가 됐습니다. 그런데 이게 이 둘의 책임일까요?

결국 신규 간호사를 가르치는 프리셉터는 환자를 덜 담당하도록 하거나 신규만을 전담으로 가르치는 교육간호사의 인력이 충분히 충원되어야 합니다. 환자가 위급하더라도 신규 간호사가 방치되지 않도록 해야 합니다. 물론 병원 입장에서는 모두 비용이 들어가는 일이지요. 지금처럼 유지해도 그만둘 연약한 간호사들은 알아서 갈려나가고 적당히 못살게 굴어도 괜찮은 사람들만 남습니다. 빈자리가 많으면 쏟아져 나오는 어린 간호사들을 그 자리에 채용하면 됩니다. 왜 굳이 비용을 들여 개선하겠습니까? 환자들이 좀 미숙한 간호를 받게 되더라도, 병원은 돈 많이 벌면 되는 거 아니겠어요? 문제 제기가 들어올 때 질책을 좀 하면 알아서 수간호사며 차지들이 어린애들을 잘 쥐어짜서 개선하겠죠.

그래서 간호사들의 처우가 이렇게 유지되어왔습니다.

3. 보수적 문화: 위계서열

어느 사회나, 어느 회사나 그 집단의 전통과 질서가 있고 보수성이 있을 수 있습니다. 그러나 병원에서의 보수적인 문화는 고질적인 도제식 교육 문화와 경력의 권력화에서 비롯됩니다. 프리셉터 제도뿐만이 아닙니다. 의사들 또한 교수에게 펠로*가, 교수 혹은 선배에게 전공의인 레지던트와 인턴들이 부당한 대우를 받으며 교육받고, 간호사들 또한 프리셉터 제도를 통해, 또 선후배 간의 압박적인 위계서열 속에서 교육받습니다. 이 문화

* 전임 강사로 근무하는 전문의.

를 견뎌내지 못하는 사람들은 살아서 도망치거나, 죽어서 도망칩니다.

임상 경험에서 오는 경력은 병원 내에서 절대적인 지위를 갖습니다. 병원에서 벌어지는 일들은 경험 없이는 대처하기 힘든 것이 많고, 경력이 부족한 사람들은 닥친 일을 해결하기 위해 아무리 부당한 대우를 받더라도 선배의 도움을 필요로 합니다. 이는 이제까지 여러 번 문제시되어왔던 교수의, 선배 간호사의 압도적인 폭력성에 정당성을 부여합니다.

이는 수도 없이 공론화됐지만, 그저 희생에만 그친 채 아무 대책 없이 반복되었을 뿐입니다. 저 또한 수차례 문제 제기를 했으나 병원은 외면해왔습니다. 개선안이 없어서 그렇다고 생각하지 않습니다. 그들은 시간이 지나 제 경력이 쌓이고 서열이 더 높아지면 지금의 제 불만은 없어질 것이라고 생각합니다.

4. 저항 불가

우선 간호학과에 입학하는 학생들이 갖는 대체적인 특성을 설명드려야 할 것 같습니다. 일반화할 수는 없지만, 간호학과 이전에 문과대학 국어국문학과를 졸업한 저에게는 뚜렷이 보이는 특징입니다.

간호학과 학생들은 성격이 선량하고 순종적이거나 현실적인 특성을 가진 이가 많습니다. 누군가를 돌보고 돕는 일이 귀하다고 생각하기 때문에 입학하거나, 높은 취업률을 바라보거나, 두 가지 모두에 해당되는 경우가 제가 본 동기와 선후배들의 많은 수를 차지했습니다. 이들은 대체로 실리적인 부분에 해가 된다면 문제를 적극적으로 제기하지 않고, 만사에 온정을 가지며 잘못을 했을 때 쉽게 죄책감을 느끼는 특성을 보입니다. 저 같은 존재가 있는 것을 보면 예외가 없다고 할 수 없겠으나, 대체로는 그렇습니다.

여기에 더해 대부분의 간호사는 학생 시절부터 교수에게 무슨 일이 있어도 3년간은 절대 그만두지 말라는 말을 반복해서 듣습니다. 여러분의 취업률은 선배들의 사직률이 반영된 결과이고, 여러분이 병원에서 견뎌내지 못하고 일찍 그만둔다면, 여러분의 후배들은 더 낮은 취업률로 대가를 받을 것이다. 여러분에게 교수가 써준 추천서는, 여러분이 3년간은 일할 것을 보증하는 내 얼굴을 내건 서류다.

또한 노조에 가입하지 마라. 노조에 가입한 선배 때문에 여러분의 취직은 더 어려워졌고, 여러분이 노조활동을 하면 후배들이 대가를 지불할 것이다.

이 말을 4년 내내 들으면서 공부한 '대체로 순종적인 특성을 가진' 간호사들은, 대학병원에 취직하면서 학교와 교수가 어깨

위에 올려놓은 책임을 느낍니다.

일하면서는 이 위에 놓인 프리셉터의, 선배의, 차지의 권력을 느낍니다. 밉보이면 내 환자가 위기에 처했을 때 도움받지 못할 수도 있다는 두려움에 쫓깁니다.

이뿐만이 아닙니다. 대형 병원에서, 혹은 대형 병원이 아닌 병원들도, 간호사를 채용할 때 이전에 일했던 병원에 전화해 레퍼런스를 체크합니다. 병원에서 노조활동을 했거나 윗사람과 문제를 일으킨 간호사들은 사직 후에 제대로 된 직장에 갈 수 없을지 모른다는 불안감에 떨게 됩니다. 높은 취업률을 바라보고 간호학과로 왔던 간호사들이 이 상황을 견딜 수 있을까요.

병원에서 수없이 많은 직장 내 괴롭힘을, 부당한 근로 조건과 비참한 대우를 받은 간호사들은 병원 내부에서, 병원에서 빠져나오는 도중에도 도저히 적극적으로 목소리를 낼 수도, 뭉쳐서 저항하기도 어렵습니다. 간호사들을 전문직 집단으로서 보호해줘야 할 대한간호협회는 단 한 번도 간호사 편을 들어준 적이 없습니다. 노조 중 간호사를 보호해주는 곳은 몇 곳이나 될까요. 결국 모두 조용히 문을 닫고 빠져나와 그만두거나, 포기해버립니다.

그러나 아십니까. 마치 저항이 없는 것처럼 보이지만, 이들은 사직으로 저항하고 있습니다. 그 많은 간호사가 숨죽여 울다가 그만두고, 지쳐서 그만두고, 그 어렵고 귀하게 쌓아올린 경험들을 패대기치듯 버려 없애면서 남은 간호사들은 시시포스처럼 당면한 일만 겨우 해낼 뿐, 제대로 간호를 제공할 수가 없습니다. 이제 국민이 의료 사고에서 안전할, 몇 번 병상 환자가 아니라 인격체로 존중받을, 질 높은 간호를 받을 기회를 죽여 없애고 있습니다. 저항의 값은 간호사들을 함부로 대해 짓이겨버린 병원들이 치르지 않습니다. 환자들이, 국민이 치릅니다.

제가 이 큰 병원에서 5년 차가 되도록 일하면서 깨달은 것은 이것입니다.

우리는 무의미한 존재입니다.

간호사는 존재하나 존재하지 않습니다. 눈에 띄지 않으나 반드시 필요한 일들은 우리 손에 떨어지지만, 모든 감투와 영광은 병원에, 의사들에게 돌아갑니다. 우리가 최선을 다한 결과는 당연하나 그에 미치지 못하면 지옥 같은 비난을 받습니다.

이것을 받아들이겠습니다. 우리 업무가, 우리 노고가 인정받지 못하는 것을 수용하겠습니다. 어떤 영예도 인지도 바란 적 없습니다. 그저 저는 우리가 일하고 급여를 받는 노동자로, 사람으로 인정받기를 원합니다. 제 환자를 제가 보호하듯 스스로 보호받을 권리가 있으며, 잘못된 제도 속에 방치되어도 그중 견뎌내는 존재가 있다면 그저 괜찮을 존재로, 마치 제품 불량률 테스트를 하듯이 두려움 속에서 필드에 내던져지는 존재로 대접받지 않기를 원합니다.

우리에게 지금의 교육 제도는 너무나 부당합니다.

저는 정신건강의학과에서 우울증과 수면장애 진단을 받았습니다. 2017년부터 지금까지 정신건강의학과 약물을 복용하고 있으며, 그 원인은 직장 내 괴롭힘입니다. 저와 같은 경험을 하고, 진단을 받고, 약을 복용하면서 병원에 남아 있거나 그만둔 수많은 간호사를 알고 있으나 알려드릴 수는 없어 유감입니다. 그저 정말 많은 간호사가 수없이 많은 날 속울음을 울었고, 지금도 고통받고 있다는 사실을 알아주셨으면 좋겠습니다.

'태움 문화'로 일컬어지는 간호사들의 문제는 사실상 직장 내 괴롭힘입니다. 다만 그 수준이 심각하더라도 환자의 안전과 막중한 책임을 빌미로 피해자는 보호받기 어렵고 정신적으로 매우 중대한 죄책감에 시달리게 됩니다. 또한 보수적인 병원 문화상 피해자가 문제를 인식하고 저항을 결심하더라도 실행에 옮기기는 어렵습니다. 가해자 또한 피해자를 괴롭히려는 의도가 없었다고 하더라도 급박한 병원 환경 속에서 어쩔 수 없이 가해를 하게 되는 상황이 빈번히 발생합니다. 이 모든 일은 대형 사립 병원들의 고용 부족과 간호사들의 비참한 처우에 대한 책임감 부족, 해결 의지의 부재가 가장 큰 원인입니다. 저는 이 모든 것의 궁극적인 가해자는 병원이라고 생각합니다.

저는 지금 용기를 내어 이 글을 쓰고 있습니다.

병원에서 일하는 모든 간호사는 병원에서 받을지도 모를 불이익을 견딜 수 없을 만큼 두려워합니다. 그게 설령 종이호랑이 같은 허상에 불과할지라도, 이 집단은 오랫동안 침묵해왔고, 침묵하지 않은 이는 배제되어왔습니다. 노조 가입자, 부서장에게 감히 반기를 드는 자, 부당한 지적에 목소리를 내는 자, 이런 공공의 일에 손을 얹는 사람들은 직장에서 일상을 견디기 어려워졌으니까요. 위계서열 속의 개인은 몹시 연약합니다. 이것은 너무 공고해서 제 미래뿐 아니라 제 후배들에게도 이어질지 모릅니다.

그래서 저는 우리 모두를 위해 두려움을 견디고 있습니다.

몇 년 전, 울면서 퇴근하던 날이 그렇지 않은 날보다 많았던 시간과, 매일 새벽 떨면서 혹여 잠든 부모님이 들을까 숨죽이던 저와, 이것을 견뎌낸, 그리고 견디고 있는 모두를, 박선욱 간호사를, 저를 위해 쓰고 있습니다.

부디 고려해주시기 바랍니다.

2020.2.28

작성자: 김수련

원내 사고발생 신고서

본인은 직무 수행 중에 재해가 발생하여 원내 재해처리 기준에 의거하여 다음과 같이 재해 발생 신고를 하오니 심의하여주시기 바랍니다.

상병명: 요골붓돌기힘줄윤활막염(드퀘르벵 건초염)

치료 기간: 2020.1.13~2020.2.2

발생 장소: OO병원 OO중환자실

발생 일자: 2020.1.13

업무 근속 기간: 약 4년

근무 형태: 교대

직종: 간호사

상세 직무: 중환자실 간호사로서 중환자 간호 업무에 종사함. 상세 내

용 직무기술서 별첨.

재해 경위:

1. 직무와 재해 부분과의 연관성

본인 김OO은 중환자실 간호사로서 OO병원 OO중환자실에서 약 4년을 근무하며 중환자 간호 업무를 해왔으며, 중환자 간호 업무는 의식이 없거나 혹은 있는 환자의 신체를 손과 팔을 사용하여 이동시키거나 중량이 큰 기기 혹은 치료 장비를 사용하기 위해 조작하는 일이 잦아 손목이 과사용되는 일이 많음.

이와 연관된 손목 통증은 2018년부터 발생하여 휴일이 길면 회복되고 근무일이 연속 5~6일일 경우 악화되는 양상으로 현재는 2020년 1월 초부터 크게 악화되어 휴식일에도 통증이 지속되어 2020. 1. 13 건초염 진단을 받고 원내 재해 발생을 신고함.

중환자실 내에서 손목의 과사용과 관련된 노동은 다음과 같다.

① 환자 체위 변경을 위해 여성 약 40~60kg 내외, 남성 약 50~80kg 내외(개인차가 있어 범위 변동 있음)의 환자를 간호사와 보조 요원 2~4인이 들어 옮김. 근무일 1일당 약 9인의 환자를 2회에 걸쳐 총 18회, 필요 시 추가로 체위 변경. 체위 변경 1회당 간호사당 3~4회 정도 협력하여 환자를 들거나 당겨야 하며, 용변 간호나 시트 교환 시 8~10회까지 증가하며 시간 또한 길어짐. 중환자실 특성상 혈변이나 설사의 지속, 배액이나 각질 탈락이 있을 경우 시트 교환을

근무당 최대 5회 시행함. 환자 검사, 사망, 입실, 퇴실에 따른 이송을 위해 환자를 들어 옮기는 일은 이브닝 근무의 경우 평균 3~4회가량이며 상황에 따라 늘어남.

② 체위 변경 준비 혹은 심폐소생술, 기관지 내시경이나 대장내시경 등의 검사를 위하여 60kg가량의 치료 기기(프리즈마플렉스, 지속적 투석 기계FMC) 혹은 환자 침대를 밀어 옮겨야 하며, 혼자서 양팔로 5kg가량의 침대 헤드를 들어 제거해야 하는 경우가 있거나 또는 혼자서 환자의 목, 어깨로 손을 넣어 환자의 상체를 들어올려 밑에 시트 혹은 베개를 넣어 지지해야 함.

③ 환자가 엑스레이를 찍을 때 환자의 신체를 들어 움직여야 하는 동작이 다수 발생함.

-가슴: 환자가 앉은 자세에서 방사선사와 함께 총 2인이 환자의 상체를 들어 판을 끼워넣고 다시 빼는 동작.

-복부: 환자가 누운 자세에서 환자의 오른쪽 혹은 왼쪽 신체를 간호사가 통나무 굴리듯 들어올리고 방사선사가 판을 환자의 몸 밑으로 넣으면 환자의 신체를 반대편으로 밀어 위치를 맞추는 동작.

나이트 근무 시 약 4~8회, 다른 근무 시 약 2회. 상황에 따라 변동 있으며, 나이트는 월마다 다르나 월 약 5~12회 근무함.

④ 투석 환자의 경우 신대체치료(24시간 지속적 투석 치료를 위해 환자 체중에 따라 근무당 2~4회가량 한 팔에 5kg, 총 10kg의 투석액 백을 들

어 이동시키고 적용해야 함). 투석액에 약물을 추가 혼합하거나 준비하기 위해 근무당 같은 횟수로 카트의 하단부에서 상단부로, 혹은 혼합하기 적절한 위치로 옮기거나 포장을 뜯기 위해 이동시켜야 함.

⑤ 인퓨전 펌프, 실린지 펌프, 네불라이저 등의 소형 기기를 설치하거나 제거하기 위하여 이동시키는 동작. 개당 2.3~3kg으로 팔로 들어 이동시킴. 펌프 기기는 한 폴대에 설치했을 때 9kg가량이며, 환자의 주입 라인이 변경되면 들거나 밀어 이동시켜야 함.

⑥ 지혈과 체위 지지를 위하여 샌드백을 사용하며 500g에서 3kg까지 다양한 무게를 1개에서 수 개 수시로 옮기고 적용, 조정함.

⑦ 이외에도 한 개에 500g~1kg가량의 수액 백 다수와 개당 1kg의 식염수 팩, 알루미늄 산소통 등을 이동시켜야 하는 업무 다수로 무게 하중이 있는 업무량이 과중함.

⑧ 손목 보호대를 원내에서 1년에 한 개씩 지급하고 있으나 잦은 손 위생이 필수적이며, 오염물질을 많이 다루는 중환자실 특성상 적용하고 업무를 수행하는 데 어려움이 따라 대부분의 간호사가 적용하지 않고 업무를 수행함.

2. 근무 가능 여부 기술

3주간 병가로 안정가료 한 결과 현재 근무 가능하나 과사용과 관련성 있으므로 해당 직무 계속할 경우 재발 위험이 높아 경과 관찰해야 함.

과거 병력: 2017.12. 원내 중환자실에서 검체 이송용으로 사용하던 대차를 오른쪽 손으로 붙잡았다가 손이 끼어 밀려 들어가 손목 부상.

심의 결과: 불승인

늑대가
나타났다

1장 옹졸함의 역사

옹졸한 나의 전통은 유구하고 이제 내 앞에 정서로

가로놓여 있다

이를테면 이런 일이 있었다

부산에 포로수용소의 제14야전병원에 있을 때

정보원이 너스들과 스펀지를 만들고 거즈를

개키고 있는 나를 보고 포로경찰이 되지 않는다고

남자가 뭐 이런 일을 하고 있느냐고 놀린 일이 있었다

너스들 옆에서

(…)

아무래도 나는 비켜서 있다 절정 위에는 서 있지
않고 암만해도 조금쯤 옆으로 비켜서 있다
그리고 조금쯤 옆에 서 있는 것이 조금쯤
비겁한 것이라고 알고 있다!
—김수영, 「어느 날 고궁을 나오면서」

스무 살 국어국문학과에 재학 중일 때, 가장 좋아하는 시가 뭐냐고 질문 받으면 이 시를 말했다. 그 대답을 할 때 나는 용기에 대해 생각했다. 공분은 무엇에 대한 것이어야 하는지, 어떤 삶을 살아야 하는지에 대해서 생각할 때마다 이 시를 떠올렸다. 조지 오웰의 『카탈로니아 찬가』를 읽을 때는 독재에 대항해 참전한 그가 총소리를 듣자 본능적으로 고개를 숙여 숨는 부분에 이르러서 읽기를 멈췄다. 그리고 그 부분을 노트에 옮겨 적었다.

나는 그런 사람이었다. 추상적인 정의에 휩쓸려 많은 결정을 내렸다. 옹졸한 삶을 살지 않겠다며 이미 죽은 자들이 쓴 글을 틈날 때마다 되새기는 야멸차고 뻣뻣한 사람이었다. 부러질지언정 휘지 않던 자들이, 정의로울 수 있다면 목숨 정도야 초개같이 내던질 것 같았던 자들이 권력을 잡으면 오염되는 것이 환멸

스러웠다. 그래서 권력과 관련 있는 일은 하지 않겠다고, 일생을 학생같이 살겠다고 생각했다.

간호사가 되겠다고 마음먹었을 때 나는 그 일의 목적과 실무가 한없이 실용적이며 옳은 것을 찾았다. 그때는 그런 일에 관련된 책을 많이 읽었다. 그런 사람들이 모인 단체의 활동가가 '과거로 돌아갈 수 있다면 간호사가 된 다음 최대한 빨리 국경없는의사회에 들어갔을 거요'라고 쓴 그 한 문장에 홀려 직업을 골랐다. 그때 나는 이 시를 떠올리지 않았다.

이제 서른이 넘은 나는 국경없는의사회의 인력 풀에 등록되어 파견을 기다리고 있고, '절정에 있지 않고 조금쯤 비켜서 있는' 일을 7년간 했다. 이 정도면 내가 선 곳이 '가장자리'의 유구한 전통을 이해하기에 충분한 곳인 것 같다. 지금 여기 서서 나는 이 시를 본다.

우리가 스펀지를 만들고 거즈를 개키지는 않지만, 지금까지 직접 보고 듣고 겪은바 우리 직업에 대한 인식은 그 수준에서 크게 바뀐 것 같지 않다. 보잘것없는, 옹졸함의 역사가 있는 직업. 비켜서 있는, 아무래도 절정에는 결코 있을 수 없는. 어떤 대의나 거국적인 결정과도 관련 없고 그러리라 기대되지도 않는다. 어느 소설에서도 중요한 인물은 이 직업을 선택하지 않는다. 요즘 들어 몇몇 극의 살인마들이 이 직업을 갖는 경향이 있는데,

이 일을 하면서 사람 죽이러 다닐 기운도 있다는 점에서 범상한 인물들은 아니다.

누구도 그 서사를 궁금해하지 않고 쓰지 않아서 우리는 늘 가장 오래된 이미지로 가려져 있다. 현실에서는 이미 오래전에 사라진 너스 케이프로, 하얀 스커트와 유리 주사기로, 촛불 든 여성과 무인 지대에 핀 장미 따위로.

대부분의 사람은 우리가 하는 일이 무엇인지도 잘 모른다. 간호대학에 들어가기 전까지는 나조차 잘 몰랐다. 그래, 기회 된 김에 한번 말해보자. 우리가 하는 일이 주사 놓고 똥 치우고 환자 손발 닦는 일 말고 뭐냔 말이다. 대학 졸업 후 내내 중환자실 간호사로 살아온 내가 지금까지 해온 일은 환자를 지키는 것이다. 환자의 항상성을 지키는 것이다. 우리는 목숨이 경각에 달린 환자의 상태가 변하면 그 사실을 민감하게 알아차리고 교정되도록 가장 빠른 길을 찾는 사람들이다.

우리는 환자 옆에 있는 사람이다.

예를 들어볼까. 여기에 호흡곤란으로 기도삽관을 한 뒤 인공호흡기를 적용한 상태로 중환자실에 들어온 환자가 있다. 이 환자가 심부전으로 폐부종이 동반된 상태인지, 폐 안에 폐암종이 퍼져 있는지, 혹은 감염성 질환인지에 따라 치료 방향은 바뀐다.

그래서 우리는 알아야 한다. 격리할 것인지 역격리를 할 것인지, 지금 열이 나는지 안 나는지, 호흡음이 한쪽에서 줄어들었는지 멀게 들리는지, 가장 먼저 알아내는 게 우리 일이다. 기저 상태가 어느 정도인지, 얼마나 벗어났을 때 무엇이 위험하고 무엇이 준비되어야 하는지를 아는 일이다. 환자 옆에 선 간호사가 얼마나 빠르고 기민하게 움직이며 대응하느냐에 따라 모든 것이 달라진다. 호흡부전을 알아차리는 게 조금만 늦어져도 예후는 바뀐다.

이 환자의 인공호흡기가 제대로 동작하지 않는다. 그게 환자의 자발호흡이 살아나는 문제라면 모니터에는 기계가 환자에게 불어넣는 호흡 흐름의 스파이크와 불규칙한 호흡 간격, 호흡수 상승, 압력 상승이 동시에 나타난다. 들어가야 할 호흡이 충분히 표시되지 않는다면, 연결부를 확인하고 기도내관 압력과 소리를 확인한다. 흉관이 있다면 거기서 공기가 새고 있는지, 엑스레이에서 내관 위치를 본다. 분지부에서 얼마나 떨어져 있는지, 폐의 한쪽 가지로 빠지지 않았는지, 흉부가 대칭으로 올라오는지, 폐음이 어떤지 확인한다. 기계적인 원인이면 얼른 호흡기를 떼어내고 앰부백을 짜며 인공호흡기 기계를 테스트하고 새 기계를 구해온다. 이 모든 것이 한순간에 이루어져야 한다. 호흡에 문제가 생기면 심전도가 변하고, 그럼 CPR(심폐소생술) 칠 준비를 해야 한다. 그런 위기에 빠지지 않도록 알아차려서 예방하는 것, 위기가 닥치면 거기서 환자를 재빨리 건져올리는 것이 우리 일이다. 늦었더라면 뇌사에 빠졌을 사람을 말하고 걷게 하며, 환자의 심낭에 물이 차 심장을 짓누르다 맥이 소실될 것을 미리 알아차린다. 이산화탄소가 차올라 의식이 흐려지기 전에 뱉어내게 한다.

매 순간 들여다보고 변동될 때 알아차린다. 모든 것은 한순간에 일어난다. 우리가 하는 대응은 속도가 관건이다. 중환자를 보는 데 있어 모든 것은 속도와 시기에 관한 문제고, 그래서 우리가 치료의 질을 결정한다. 우리가 트레이닝되었다고 하는 것은 이 일을 어느 범위까지 할 줄 아느냐에 달려 있다. 중환자실에서 조금이라도 일해본 간호사라면 교육과 경력이 얼마나 절대적이고 강력한 것인지를 안다. 능숙함과 판단력, 빠른 실행력은 모두 거기서 온다.

그리고 또 하나의 요소가 있다. 머릿수다. 아무리 경력이 많아도 환자 수에 비해 간호사가 적으면 그 중환자실에 있는 모두가 궁지에 몰린다. 주도면밀한 모니터링과 빠른 대응이 우리 일인데, 한 명 한 명이 더 많은 환자를 봐야 한다면 주의력은 떨어지고 피로도는 급격히 올라간다. 대부분 정해진 휴식 시간 없이 장시간 일하는 간호사들은 피로가 누적될수록 실수가 늘어나고 종종 중대한 징후를 놓친다. 그것은 때로 치명적이다. 그래서 환자와 간호사의 비율은 환자의 사망률과 매우 뚜렷한 상관관계를 보인다. 간호사 한 명이 담당하는 환자가 한 명 증가할 때마다 환자의 사망률은 7퍼센트 증가한다. 담당 환자가 한 명 더 늘면 14퍼센트, 거기서 한 명 더 늘면 31퍼센트. 이 숫자는 끝도 없이 늘어난다.* 이 숫자는 매우 자명하다. 이 퍼센티지가 사람 목숨으로 되어 있다는 사실을 기억해야 한다. 대부분의 사람은 우리가 하는 일이 무엇인지도 모른다. 그렇지만 이 안에서 고군분투하는 우리는 모두 우리의 숫자가 무엇을 의미하는지 안다.

예를 들어보자.

여기 중환자실이 있다. 18병상 규모, 중증도가 높은 환자들이 입실하는 곳으로, 간호사 한 명당 두 명의 환자를 본다.

한국의 중환자실에서 간호사 한 명이 환자 둘을 맡는다는 것은 쉽게 찾아볼 수 없는 풍요다. 환자의 대부분이 인공호흡기나 투석기, 에크모ECMO** 등의 육중한 기계를 달고 있어도 한 간호사가 두 사람만 보는 곳은 부러움을 사는 근무 조건으로, 국내

* Linda H. Aiken, Sean P Clarke, Douglas M Sloane, Eileen T Lake, Timothy Cheney, "Effects of Hospital Care Environment on Patient Mortality and Nurse Outcomes", *J Nurs Adm*, 2008.

** 체외막산소공급extra corporeal membrane oxygenation. 환자의 심폐 기능을 대신하거나 보조한다.

병원 태반이 이 비율을 보장하지 못한다. 가장 부유하고 시설과 인력이 잘 갖춰진 병원에서도 완전 보장은 드물다.

그래, 이 중환자실은 부유하다. 간호사 한 명은 환자 둘을 보고, 근무조당 아홉 명의 간호사와 한 명의 책임간호사로 이뤄져 있다. 책임간호사의 역할은 병동의 물품 조달과 병상 수급, 감염 관리, 간호사 배정과 관리, 치료 기기의 세팅과 배치, 위급 상황 대응 등으로 대체로 관리 업무다. 책임간호사가 이 일들을 맡기 때문에 다른 간호사들은 환자 간호에 집중할 수 있다. 열여덟 명의 환자가 두 명당 한 명씩 집중적인 돌봄을 받을 수 있다는 뜻이다. 얘기만 들으면 퍽 이상적이다.

그러나 국내에서 가장 좋은 환경인 이곳에서도 매일 숨 가쁜 위기를 넘긴다. 책임간호사들은 매일의 근무에서 경력이 1년 미만인 신규 간호사의 비율이 40퍼센트를 넘지 않도록 근무표를 짜는 데 안간힘을 다한다. 열 명 중 네 명이 신규가 되는 일이 없도록 경우의 수를 짜내느라 골머리를 앓아야 한다는 뜻이다. 경력이 1년 안 된다는 것은 일이 익숙지 않다는 뜻이다. 프리셉터 없이 단독으로 환자를 보기 시작한 지 9개월이 안 된다는 뜻이다. 이들에게 에크모를 맡기거나 투석기를 맡기면 긴장해야 한다는 뜻이며, 환자가 안전하게 치료받기 위해서는 누군가 이 간호사들이 일을 잘하는지, 기록과 처치와 동의서 등을 잘 챙기고 있는지, 뭘 빼먹지는 않는지, 정신 놓고 있다가 환자를 위험에 빠뜨리지는 않는지 수시로 들여다봐줘야 한다는 뜻이다. 그런 도움을 필요로 하는 간호사가 과반이 되는 것을 막는 일은 힘들었다. 그건 최후 저지선 같은 것이었다. 환자의 안전을 위한 마지노선.

이런 환경에서 1대 2는 1대 2라고 볼 수 없다. 경력 간호사들은 중증도가 현저히 높은 환자를 보는 동시에 신규 간호사들의 질문을 받아주고 실수하지 않는지 놓치지 않고 들여다보며, 버거운 처치가 필요할 때는 달려가 도와야 한다. 누구 한 명을 등에 업고 일하는 것처럼 부담스럽고 무거운 처지에 놓인다. 그들이 전체의 40퍼센트가 되면 인계를 주고받는 일에서부터 문제가 생기고 신규 간호사들이 놓친 일은 눈덩이처럼 불어 되돌아온다. 그때부터의 업무 강도는 출근하기도 전에 주저앉고 싶을 만큼 과중해진다. 이런 환경에서 환자가 안전할 수 있을까?

어느 날을 가정해보자.

모월 모일 아침. 여느 때처럼 데이*번 근무자들이 모두 출근

* 간호사들의 근무 형태는 3교대가 일반적이다. 데이Day, 이브닝Evening, 나이트Night로 나뉘며 각각 8시간씩 나눠 일하지만 늘 초과 근무하기 때문에 8시간 근무는 잘 지켜지지 않는다. 5조 3교대니 4조 3교대니 하는 다른 직군의 교대 체계는 간호사들의 인력 부족 때문에 적용 가능하지 않고 그냥 필요한 날에 가능한 간호사를 끼워넣는 식으로

했다. 한 명의 책임간호사, 두 명의 3년 차 이상 경력자, 네 명의 2~3년 차 경력자, 세 명의 신규 간호사가 근무한다. 전번 책임간호사는 간호사들의 능력치에 따라, 그리고 어느 구역에도 경력자가 비는 일이 없도록 간호사를 배치했다.

열여덟 개 병상을 채운 환자 중 열세 명이 인공호흡기를 사용 중이고, 일곱 명이 투석기를 사용 중이다. 두 명은 에크모 치료 중이다.

아침 약 투여가 얼추 끝나고 책임간호사의 라운딩이 끝날 때쯤 한 명의 환자에게 서맥*이 발생한다. 담당 간호사가 급하게 침대 헤드를 내리며 도움을 요청한다. 책임간호사가 달려가고, 곧 맥박이 소실되며 심폐소생술이 시작된다. "○○병원 ○층 ○○중환자실, 호흡기내과 성인 코드블루" 방송이 울린다.

이때 인력 상황을 살펴보자. 심폐소생술에는 최소한 간호사 네 명이 필요하다. 방송을 듣고 온 의사들이 리더와 앰부배깅, 흉부 압박을 맡아도 마찬가지다. 한 명은 기록, 두 명은 투약 준비나 투약, 석션 같은 병실 내부에서의 일들을 도맡아야 한다. 그리고 최소 한 명은 필요한 물품을 찾아 병실 내로 조달한다. 담당 간호사를 포함한 두 명의 2~3년 차 간호사와 한 명의 3년

매달의 근무표가 작성된다.

* 부정맥의 한 종류. 정상보다 느린 맥.

이상 경력자, 책임간호사가 여기 모인다.

남은 간호사는 여섯이다. 그중 신규가 세 명, 절반이다.

이때 반대편에 위치한 다른 병상에서 누군가 도움을 요청한다. 인공기도를 전날 제거한 환자의 의식이 점점 떨어진다. 갓 나온 동맥혈 가스 검사에서는 이산화탄소가 잔뜩 쌓여 있다. 기관삽관을 해야 한다. "이카트E-cart*랑 삽관 카트 주세요!" 책임간호사가 말을 전해 듣자마자 손을 바꾸며 뛰어나오고 그 자리로 신규 간호사가 대신 들어간다.

정리해보자. 심폐소생술이 진행 중인 곳에는 두 명의 2~3년 차 간호사와 한 명의 3년 이상 경력자, 신규 간호사가 갔다. 기관삽관이 진행 중인 곳에서는 책임간호사가 인공호흡기를 세팅하고 있고, 3년 이상 경력자가 기관삽관을 보조하며, 2~3년 차 경력자가 약물을 준비해서 투여하고 있다. 위의 일들은 중환자실에서 매일같이 일어나는 흔한 처치다.

이제 긴급한 처치 중인 두 명의 환자를 제외한 열여섯 명에게, 2~3년 차 간호사 한 명과 두 명의 신규 간호사가 남았다.

환자 대부분이 인공호흡기를 사용 중이고, 투석기 알람은 쉴 새 없이 여기저기서 울려댄다. 1년 차 신규들은 에크모가 어떤

* emergency cart. 응급 상황 시 필요한 약물, 의료 기기를 넣어 구비해둔 카트.

식으로 돌아가는지도 잘 모른다. 환자의 목과 서혜부로 들어간 어린애 팔뚝만 한 관이 갑자기 후들후들 떨리면서 혈압이 뚝뚝 떨어지면 어떻게 해야 할지, 무엇을 해도 투석기 알람이 잦아들지 않고 급기야 '필터가 응고됩니다'라는 메시지가 뜨면 어떻게 해야 할지 모른다. 어떤 환자들은 섬망으로 공격성이 두드러져 눈을 떼면 동맥이나 대정맥에 삽입되어 있는 관을 뽑아내려 들거나 쉴 새 없이 움직여 치료 기계가 멈춘다. 간호사들이 응급 환자 두 명을 살려내려고 애쓰는 동안 열여섯 명의 환자는 대변을 침대 위에 본 채 깔고 누워 하염없이 기다려야 하고, 투석기에 걸린 채 응고된 혈액을 모두 잃어버리고, 움직이다가 분리된 관에서 역류한 혈액을 침대 위에 줄줄 흩뿌리고, 삽입된 인공기도를 대차게 뽑아내 숨을 못 쉬어 헐떡거린다. 이 일들을 2년 차 한 명과 갓 독립하고 너무 많은 일에 압도되어 얼이 빠진 신규 두 명이 제대로 해결하지 못하는 게 간호사들의 잘못인가?

가장 잘 갖춰진 중환자실에서 이 일들이 일어난다. 가끔 우리는 동시에 두 명에게 심폐소생술을 해야 하고, 한쪽에서 기관삽관을 하는 와중에 세 명의 새로운 환자를 받는다. 욕설하며 난동부리는 환자에게 네댓 명이 동시에 들어가 있는 사이 중요한 관을 삽입해야 하고, 환자를 프론 포지션으로 돌리는 동안 다른 방에서 삽입된 에크모 도관을 조절하고, 또 다른 방에서는 수술실에서 갑자기 연락도 없이 끌고 내려온 환자를 받으며, 동시에 갑자기 의식 상태가 변화한 환자를 승압제를 주렁주렁 단 채 CT실로 내린다. 이때는 예고 없이 온다. 누가 화장실이나 식사라도 하러 간 사이라면 어떨까? 그때 하필 책임간호사와 경력자가 몇 명 같이 갔고 신규 간호사가 과반이었다면 어떻게 될까?

우리는 환자의 안전을 위해 볼모로 잡혔다. 하루에 2만 보를 족히 뛰어다니고도 시말서 같은 환자안전보고서를 써야 하는 것이 억울해서 이러는 게 아니다. 담당 간호사가 다른 병상에 있는 응급 환자를 도우러 뛰어간 사이 기도관이 발관된 환자가 방치된 것은 환자와 같은 방에 있었던 의사 탓은 조금도 없고, 오직 담당 간호사가 자리에 없었던 탓이라며 어깃장을 놓던 교수가 꼴도 보기 싫어서 이러는 게 아니다. 그냥 환자가 안전하기를 바라기 때문이다. 우리가 그들을 지킬 수 있기를 바라서 우리는 계속 말해왔다. 충원해달라. 간호사 대 환자 비율을 보장해달라. 신규 간호사들이 견디지 못하고 그만두는 일이 일어나지 않게 안전한 교육을 보장해달라. 그러나 이 말은 누구도 들어준 적이 없다.

이 비율에 대해 언급한 유일한 법은 의료법이다. 1962년 제정된 후 한 번도 개정된 적이 없다. 나의 엄마는 간호사로 평생 일하고 은퇴했는데, 이 법은 엄마 나이보다 고작 한 살 어리다.

이 법에서는 종합병원의 간호사 배치 기준을 '1일 입원환자를 2.5명으로 나눈 수'라고 규정했다. 이렇게 보면 간호사 1인당 환자 2.5인 것 같지만 어림도 없다. 간호사는 환자를 24시간 보기 위해 교대근무를 한다. 데이, 이브닝, 나이트, 먹고 자야 되니까 오프. 이 중 누구도 아프지 않고 기계처럼 걱실걱실 잘 굴러간다 쳐도 간호사는 네 배가 필요하다. 여기에다 놀랍게도 간호사 수에는 행정 인력과 외래, 수술실 인력이 포함된다. 이 오래된 법상으로도 간호사 한 명이 근무 중 10~13명을 담당한다고 보면 된다. 심지어 이 법조차 처벌 조항이 없어 충족률은 종합병원에서 63퍼센트, 일반 병원에서는 19퍼센트다. 충족된 병원도 이 인력 중 일부는 간호조무사로 대체한 경우가 많다.*

OECD 평균 간호사 대 환자 비율은 1인당 6~8명이다. 2016년 통계상 미국은 간호사 한 명이 5.3명의 환자를 보고, 한국의 종합병원은 16.3명, 일반 병원은 43.6명을 본다.** 이게 가능한 숫자인가 싶겠지만 그렇게 한다. 사람 안 죽는 걸 감사히 여겨야 한다. 이나마 근근이 견뎌오는 것이 다 사람 죽을까봐 노심초사하며 죽도록 뛰어다니는 간호사들의 공이라 한다면 이건 제 얼

* 조성현·이지윤·전경자·홍경진·김윤미, 「의료법에 의거한 의료기관 종별 간호사 정원 기준 충족률 추이 분석」, 『간호행정학회지』, 2016.

** 간호사 처우개선 토론회 참고자료, 조성현, 2017.

굴에 금칠인가? 그러나 확실하게 말할 수 있는 사실은 지금까지 운이 좋았던 것이 결코 간호사를 '비용' 취급하며 꾸준히 인력을 줄여온 병원 덕은 아니라는 점이다.

한국의 간호사 인력 비중의 특징은 간호대학 졸업자 수와 간호조무사 수가 많다는 것, 임상 간호사 수가 현저히 적다는 것, 연령대가 어리다는 것으로 요약할 수 있다. 한국에서 20대 간호사가 36.5퍼센트로 뚜렷한 다수를 차지할 때,* 호주, 캐나다, 프랑스, 미국 간호사의 50~60퍼센트는 35~50세 사이에 분포해 있다. 한국의 임상 간호 현장은 교육을 받고 입사한 젊은 간호사들이 고작 몇 달에서 몇 년을 견디고 아수라장을 피해 도망치는 소모전의 연속이다. 이 문제를 해결하기 위해 정부가 내놓은 대책은 간호대학 증설이다. 간호사가 부족하나 추가 고용을 보조하기 위해 비용을 보전해주지도 못하겠고, 법으로 추가 고용을 강제하지도 못하겠고, 이런 고강도 노동에 턱없는 저임금을 책정하는 병원들을 제재할 생각도 없으니 간호사를 더 양성해 메워보겠다는 것이다. 덕분에 우리는 수많은 산업 예비군을 양성했고, 병원들이 더 쉽게 콧대 높이며 어린 간호사들을 위협해 말 잘 듣고 대체 가능한 나사 하나로 만드는 데 큰 조력을 했다. '너

* 「국민보건의료실태통계」, 보건복지부, 2021.

아니어도 간호사 많아.' 이것이 지난 수십 년간 병원이 취해온 입장이고, 정부가 한 대응이다.

고마워서 눈물이 날 것 같다.

사실상 정부가 직접 할 수 있는 일은 별 게 없다. 정부가 간호사 고용을 직접 하는 것은 아니기 때문이다. 안 해서인지 못 해서인지는 모르나 정부는 지난 수십 년간 의료에서 손을 떼기 위해 최선을 다해왔다. 물론 국민건강보험으로 우리나라 의료가 최고라는 홍보는 열심히 했다. 제주 녹지병원*이 생기면서 그것도 아니게 될 테지만, 지금까지는 모든 병원이 국민건강보험에 가입한 환자는 무조건 받아 치료해야만 하는 당연지정제 덕분에 의료보장성만은 높았다. 그러나 아무도 부정할 수 없는 사실이 있다. 우리의 공공성은 비참할 정도로 낮다.

그동안 이어져온 정부 정책의 결과는 고작 5퍼센트 남짓에 불과한 공공 병원과 95퍼센트의 사립 병원이다.** 이 공공 병원 비율은 자본주의 의료 체계로 유명한 미국조차 제치고 세계 최저 수준이다. 미국의 공공 병원은 전체의 약 25퍼센트다.

* 대한민국 최초의 영리 병원으로 박근혜 정부 시절 원희룡 제주도지사 주도하에 허가되었고, 2022년 소송에서 승소해 개원을 막을 수 없게 되었다. 현재 미개원 상태. 중국의 부동산 개발사가 전액 투자했다.

** 2019년 공공 의료기관 현황, 국립중앙의료원, 2020.

OECD 평균은 73퍼센트다.

우리는 안전망을 잃었다. 이 말은, 공공 의료가 담당하는 중증 외상과 감염병, 그리고 노숙인, 새터민, 주민등록번호조차 말소된 사람들을 위한 의료, 말만 들어도 적자가 주렁주렁 달릴 것 같으나 반드시 필요한, 지금 눈에 띄지 않아도 없어서는 안 되는 것들을 국가가 축소하기 위해 최선을 다해왔다는 뜻이다. 누구나 겪을 수 있는 심각한 중증 외상, 언제든 일어날 수 있는 집단 감염병, 누구나 떨어질 수 있는 삶의 밑바닥에 누워 있는 사람들을 위한 모든 것이 적자를 이유로 줄어만 갔다.

그 결과가 이것이다. 코로나 같은 국가 위기 사태에 처해서도 국가는 그동안 재정 지원조차 제대로 한 적이 없어 노후한 시설과 고작 500병상 남짓을 가진, 2000병상이 넘는 쟁쟁한 사립 병원들에 비하면 한 줌도 안 되는 병상을 가진 국립중앙의료원을 어떻게 잘 쥐어짤까를 궁리해야 했다. 사실 우리는 정말 외줄을 타고 있었다. 한국이 방역에 그토록 성공적이지 않았다면, 어떤 나라들처럼 엄청난 환자가 쏟아졌다면, 우리는 그 어떤 나라보다 안전하지 못했을 수 있다. 95퍼센트가 사립 병원인데 어떻게 이길 수 있겠는가. 우린 못 한다 못 받는다 하면 멱살이라도 잡을 건가? 멱살을 잡으려고 애는 썼나보지만 썩 잘되지는 않았고 코로나가 창궐하던 시기에조차 사립 병원들은 기존 원내 환자의 감염이 아니면 중증 환자들만 겨우 나눠서 받았다. 국가가 공공 의료에서 손을 떼는 사이 와룡처럼 세를 불려온 국내의 가장 큰 사립 병원들이 그렇게 했다. 보험공단에게서, 비급여 진료에서 엄청난 돈을 벌어 그중 큰 덩어리에 '고유목적사업준비금'이라는 이름을 붙인 이들이, 그것을 '비용'으로 계산해 늘 병원이 적자라며 칭얼거리던 이들이, 틈만 나면 사람이 죽어도 필수 진료과가 문을 닫아도 오직 저수가 탓만 하던 이들이 그렇게 했다. 그 알량한 숫자의 환자들을 나눠 받는 대가로 정부는 병원들에 엄청난 규모의 보조금을 국민의 세금에서 떼어내 지불했다. 그래서 그 모양새가 되었다.

공공 병상은 그동안 돌봐온 다른 감염병 환자와 새터민들조차 돌보지 못할 정도로 코로나 환자들에 짓눌렸고, 노숙인들은 폐렴과 패혈증으로 거리를 떠돌다 차에 치여서야 응급실로 실려 들어왔다. 그나마도 어떤 병원들은 치료를 거부했다.

국민 보건 서비스NHS*를 채택한 영국은 공공 병원의 비율이 전체의 98퍼센트에 달한다. 다른 많은 유럽 국가도 마찬가지다. 언론에서 한국과 NHS 국가들을 비교하며 한국의 의료 체계를

* National Healthcare System. 국가가 의료 체계를 전담한다. 1차 의료(주치의 제도)가 발달하고, 환자의 우선순위(응급, 중증도)를 우선으로 치료한다는 특징이 있다.

드높였지만, 그 나라들은 NHS가 아니었다면 사망률이 더 높았을지 모른다. 해당 국가들은 대부분 방역에 실패한 것으로 평가된다. 한국에 비해 감염자 수가 비할 데 없이 높다. 영국은 국무장관 주도로 민간 병원과 계약해 역할 증대를 계획했으나, 2퍼센트의 사립 병원들은 한화로 월 약 6200억 원에 달하는 세금을 받고도 고작 0.1퍼센트도 되지 않는 환자를 분담했다.* 오히려 NHS에 지원을 줄인 것이 의료진 복지, 급여 수준을 후퇴시켜 사직률을 높여놨다며 정부의 중대한 실수로 지적되었다.** 이외에도 스페인, 이탈리아 등 사망률이 나이 보정 이후에도 높았던 나라들은 모두 최근 계속 공공 의료를 축소해왔던 곳들이다.

미국 또한 한국과 비교 대상으로 자주 구설수에 오르는 나라다. 미국은 공공 병원의 비중이 전체의 약 25퍼센트로, 메디케어***와 메디케이드****로 고령층과 빈곤층을 진료한다. 코로나가 창궐할 때, 어쩌면 빈곤층이 길바닥을 떠돌다 죽을 확률은 한국보다 오히려 미국이 적었을지 모른다.

* "Javid tells NHS England to give private hospitals up to £270m in case of Omicron surge", Denis Campbell, *Guardian*, 2022.1.13.

** "Thousands of NHS workers may quit for better-paid jobs, ministers warned. Andrew Gregory", *Guardian*, 2022.5.23

*** 65세 이상 인구를 위한 미국의 의료보험.

**** 빈곤층을 위한 미국의 의료보험.

공공의 역할은 감염 외에도 외상에서 현격히 드러난다. 외상 환자의 특징은 언제 어디서 발생할지 모른다는 것이고, 외상센터에서는 응급 상황에 대비해 늘 인력과 자원을 예비해두어야 한다. 사립 병원에서는 아무리 세금으로 보전을 받아도 그 시간과 인력을 비급여 진료, 돈 되는 수술로 쉼 없이 돌려 벌 수 있는 액수가 훨씬 더 많은 것이다. 굳이 애써서 외상센터를 세울 리가 없다.

사립 병원들이 악마라는 얘기는 아니다. 거기서 일하는 의료진 개개인이 비급여 물품을 펑펑 쓰고 비급여 진료를 많이 하려고 애쓰는 것도 아니다. 사립 병원들은 제공하는 의료의 질이나 양적 측면에서 모두 중요하다. 그러나 그 목적성에서 사립 의료기관은 공공과 같을 수 없다. 어쨌거나 이 병원들은 적자를 볼 수 없다. 돈을 벌어야 한다. 수익으로 자선을 할 수 있고 연구에 쓸 수도 있지만, 어쨌든 거액을 기부한 후원자한테 VIP 서비스를 제공해야 하고 사업의 비전과 전망을 유지해야 한다. 결국 민간에서는 외상, 감염, 응급, 중환자, 돈 많이 들고 돈벌이 안 되는 대표적인 분야를 늘 최소화하려 한다. 한국처럼 공공 병상 비중이 아사 직전인 나라에서는 이 부분이 고스란히 공백이 되는 것이다. 이를 사립 병원이 담당하도록 비용을 보전해주려면 적자를 메우는 수준을 넘어 수익에 해당되는 돈을 국가에서 덤으로 줘야 한다. 고작 2퍼센트에 불과한 사립 병원에 코로나 환자 진료를 맡기기 위해 밑 빠진 독에 물을 붓던 영국을 돌이켜볼 때 95퍼센트에 달하는 사립 병상은 독과점에 가깝다. 여기에 돈을 부어야 하는 한국은 얼마나 많은 세금을 낭비해야 할까. 그 세금은 정책 입안자들이 내는 게 아니라 국민이 낸다.

차라리 이 부문을 공공에서 직접 운영하고 의료진을 국가에서 고용하는 게 적자를 덜 발생시키지 않을까?

국가 위기 사태에 가까웠던 감염병 상황에서도, 생목숨이 죽어나가는 외상에서도 국가는 무력했다. 하물며 그게 손에 잘 잡히지도 않는 환자 안전 문제라면, 겉으로는 썩 중요해 보이지도 않는 어린 간호사들이 누수되는 문제에 국가가 무슨 일이나 하려들었을까.

어린 간호사들이 뛰어다니며 기우고 틀어막아온 환자들의 안전은 간호등급제 따위의 허울 좋은 제도로 대강 돌려 막아뒀다. 간호등급제의 정확한 명칭은 '입원환자 간호관리료 차등제'로 그저 미봉책에 불과하다. 이는 간호사 인력 충족 비율에 따라 1등급에서 7등급으로 구분해 점수를 가감하고 단가를 곱해서 입원료를 산정하는 제도다. 이 입원료에서 간호관리료가 차지하는 비중은 25퍼센트다. 아주 엉망으로 충원해서 7등급을 받아봤자 25퍼센트 중에서 고작 2~5퍼센트를 차감한다.* 정말 무겁고도 엄중한 처벌이다. 이 등급제에서 1등급을 받은 병원에서조차 일이 어떤 식으로 돌아가는지는 이미 설명했지만 몇 가지 덧붙이자. 허덕이는 인력 사정에 말 그대로 피똥을 싸면서, 어쩌면 생리대를 못 갈아서 그게 샌 것이겠지만, 어떤 때는 그냥 소변을 조금 지린 것일 수도 있지만, 어쨌든 간호사들이 이 악물고 버티는 와중에 세계적으로 역병이 돌았다면 어떻게 될까? 코로나 병상을 증축했지만 인력은 조금도 충원되지 않은 채로 경력 간호사들을 차출했다면 어떻게 될까?

오미크론 발생 이후 뭇 병원은 '비용'으로 산정되는 간호사를 가능한 한 덜 충원하면서 정부 보조금을 받아 방침대로 코로나 중환자실을 열어야 해 중환자실 병상을 닫고 간호사들을 감염 병상으로 보냈다. 애초에 한국은 중환자 병상이 적다. 미국의 병상 수가 1000명당 2.8개, 영국이 2.3개인 데 비해, 한국은 1000명당 12.7개로 현저히 많은데도 불구하고, 중환자 병상 수는 OECD 평균이 전체의 33퍼센트, 한국은 25퍼센트다.** 한 가지 원인만 있진 않겠지만 중환자실 재직 내내 매년 우리 부서 적자가 억 단위니 거즈랑 알코올 아껴 쓰라는 말을 들었던 터라

* 의료자원 급여기준 정보시스템, http://rulesvcmr.hira.or.kr/.

** OECD data.org, 2021.

비용 문제가 가장 크게 다가온다. 안 그래도 부족한 중환자실 병상에 추가로 병상을 더 닫았으니 중환자실에 입실해야 할 환자 중 일부는 고스란히 일반 병동으로 갔다. 혼자서 열 명, 열댓 명, 스무 명까지 보는 일반 병동의 간호사들은 인공호흡기 환자까지 봐야 하는 부담에 못 이겨 수없이 그만뒀다. 모니터링이 필요하나 제대로 받을 수 없었던 일부 환자는 중환자실에서였다면 기도삽관으로 끝냈을 것을 심폐소생술을 해서 사망하거나 심각한 후유증을 남겼다. 이런 사례가 줄을 이었다. 이것이 간호사들의 잘못인가?

누구의 잘못인가?

의료는 시스템이다. 어떤 스타 플레이어, 가령 드라마에 나오는 천재 의사 한 명이 있다고 해서 환자가 벌떡 살아나는 것이 아니다. 팀워크와 인력, 트레이닝이 없는 의료진은 어떤 관록 있는 의사가 리더라고 해도 환자를 손쉽게 위험에 빠뜨린다.

결국 환자를 24시간 옆에서 돌보는 이는 간호사이고, 환자를 지켜주는 것은 간호사의 대처 능력, 모니터링 능력, 통합적 역량과 업무 연속성이다. 그러나 스타 플레이어 한 명의 이름은 쉽게 기억하지만 환자의 출혈을, 부정맥을, 심지어 심정지를 발생 즉시 잡아내 해결한 간호사의 이름을 누가 기억하겠는가. 민간 병원은 수익을 추구한다. 수요자, 국민이 기억하지 않는 이름들에게 민간 병원이 무언가를 스스로 주지는 않는다.

수요자가 아니라, 돈 내는 사람이 아니라, 그냥 인간으로서의 인간을 위해 무언가를 하는 곳, 인간을 보호하기 위한 복지를 만드는 곳은 결국 공공이고 국가다. 그리고 우리는 그걸 오랜 세월에 걸쳐 잃었다. 우리가 그걸 잃었다는 것은 뒤늦게 드러났다.

그것이 2020년 이후 내내 우리가 겪은 일이다.

대구에 첫 번째 코로나19 대유행이 퍼졌을 때, 그때는 에크모를 단 환자가 10병상짜리 중환자실에 세 명이었다. 투석기는 다섯 대까지 들어왔다. 그때는 중환자실 간호사를 전국에 타진해도 구할 수가 없었다. 당장 환자를 봐야 하는데 에크모를 구경이라도 해본 간호사를 찾기가 어려워 한 명이 에크모 두 대와 투석기 두 대를 끼고 환자 세 명을 봤다. 한쪽 환자의 폐에서 피가 터져나오며 산소포화도가 떨어지는 와중에 다른 환자는 혈압이 곤두박질치고, 또 다른 곳에서는 투석기 알람이 계속 울렸다. 아무리 빨리 움직여도 위기를 막는 것 외에는 할 수 있는 일이 없었다. 목숨만 붙여놓고 투석기를 돌아보면 혈액이 투석기 필터에 굳어 환자에게로 돌려보낼 수가 없었다. 그렇게 몇 번만 하면 수혈을 해야 했다. 그러잖아도 그 기계를 단 환자들은 계속 혈구가 깨지고 출혈 경향이 생기며, 아무리 열심히 뛰어도 나빠지는 것은 막을 수가 없었다. 아무것도 제대로 할 수가 없었다. 상황실에 부탁해도 늘 같은 말이 되돌아왔다.

"전국 어디든 인력 상황 별로 안 좋은 거 아시잖아요. 다른 병원 중환자실 닫고 여기로 보내달라 할 수도 없고, 거기도 다 중요한 환자 보고 있어요."

맞는 말이다. 그렇게 중요한 환자가 많은데 간호사들이 허덕이며 그들을 보던 와중에 팬데믹이 터졌으니 어떻게 이걸 감당하겠는가.

그 와중에도 간호사들은 그만뒀다. 경력을 채우고 혹은 채우지 않고 얼른 빠져나갔다. 끔찍하게 지쳐서 나가는 그들은 대체로 요란하지 않았다. 고요한 사직이었다. 지금까지 그래왔던 것처럼. 지난 10년간, 20년간처럼.

간호사들이 안전한 간호사 대 환자 비율을 요구할 때 정부 정책은 단 한 번도 그 방향으로 움직인 적이 없다. 그저 간호대학을 증설하고, 배출 인력을 늘렸다. 그들은 늘어난 수만큼 줄서서 병원의 회전문으로 들어왔다가 그대로 한 바퀴 돌아 빠져나갔다. 그중 일부만 우리에게 필요한 3년 차 이상의 간호사가 되었고 그마저 다시 빠져나갔다. 그들은 모두 조용히 축적된 유휴 인력이 되었다. 간호사 면허자의 50퍼센트는 유휴 인력이다. 장롱면허라고도 한다.

2020년 1차 팬데믹이 끝나고, 대구 파견 이후에 국립병원에서 인터뷰 요청을 받은 적이 있다.

할 말을 하고 나서 내가 물었다.

"다른 선생님들은 뭐라고 말씀하시던가요?"

"그게 신기해요. 간호사 선생님들은 많이 힘들어하셨어요. 울고 가신 분들도 계세요."

"아, 그러면 간호사 아닌 분들은 달랐나요?"

"의사 선생님들은 모든 게 잘됐다고 생각하는 분도 많았어요. 모범적인 사례였대요. 이번 사례를 국제사회에 자랑해야 한다는 분도 있어요."

나는 이때 좀 아연해져서 한동안 말을 잇지 못했다. 대구에서 내가 본 환자는 모두 죽었다. 중환자실에 들어온 일부 간호사는 중환자실에서 다루는 기계를 난생처음 봤고, 심지어 신규 간호사도 있었다. 어떤 간호사들은 울면서 일했다. 응급 상황이 터지면 사람이라도 많아야 할 것 같아 한 번도 나가지 않고 방호복 속에서 푹 젖어 울면서 8시간을 견디던 이들이 있었다.

간호사들은 종종 중압감 때문에 도망갔다. 아침에 병동에 들어갈 사람들의 이름을 부르면 한 명씩 비곤 했다. 그 이름들은 다시 나타나지 않았다.

밤 근무가 끝나면 간호사들은 무덤 같은 휴게실에서 잠들었다. 귓전에 알람들이 맴돌았다.

내가 봤던 환자는 모두 죽었다. 놀라운 일도 아니었다. 아무 프로토콜 없이 만들어가면서 하고, 환자를 보면서 병동 전체에 산적한 물건을 모으고, 약이 한 가지 없거나 수혈을 해야 하면 누군가 건물을 가로질러 뛰어나갔다가 푹 젖어 돌아왔다. 가끔 전동식 호흡보호구PAPR*에서 알람이 울려도 나갈 수 없었다. 무슨 일인가 일어나고 있어서. 그런데 사람이 아무도 없어서. 내가 나가버리면 환자를 지킬 사람이 없어서. 그것이 모범 사례일 수 있다면, 그들이 본 것은 무엇일까. 그들이 뭘 봤는지를 모르겠어서 나는 아연했다.

우리는 누구도 탓할 수 없었다. 팬데믹의 세계에서 우리는 잃었다. 계속 잃었다. 국가 위기 상황의 엄중함을 핑계로 대가 없는 부담은 계속 가중되었다. 어떤 얄팍한 대가라도 있으면 약속이나 한 것처럼 비난이 쏟아졌다. 제대로 된 지침도 없이 쪽대본 받은 배우처럼 임기응변을 해나갔다. 우리는 방패로 쓰였다. 감염 지침에, 의사결정권에 관여하는 간호사는 없었다. 현장에 들

* Powered Air Purifying Respirator. 전기를 사용해 외부 공기를 필터를 거쳐 정화하는 공기 정화 장치. 연결부가 헐겁거나 전력이 다하는 등의 문제가 생기면 알람이 울린다. 알람이 울리면 더 이상 외부 공기를 정화하고 있다는 보장이 없기 때문에 즉시 병동 밖으로 나가서 장비를 점검하고 교체하도록 되어 있었다.

어오는 사람은 의사결정과 가장 먼 곳에 있었고 의사결정을 하는 사람들은 현장에서 무슨 일이 일어나는지 구경도 못 했는지 마치 아무것도 모르는 듯했다. 나는 그들의 얼굴을 알고 싶었다.

이른 아침 가난한 여인이

굶어 죽은 자식의 시체를 안고

가난한 사람들의 동네를 울며 지나간다

마녀가 나타났다

부자들이 좋은 빵을 전부 사버린 걸

알게 된 사람들이 막대기와

갈퀴를 들고 성문을 두드린다

폭도가 나타났다

배고픈 사람들은 들판의 콩을 주워

다 먹어치우고

부자들의 곡물 창고를 습격했다

늑대가 나타났다

일하고 걱정하고 노동하고 슬피 울며

마음 깊이 웃지 못하는

예의 바른 사람들이 뛰기 시작했다

이단이 나타났다

도시 성문은 굳게 닫혀 걸렸고 문밖에는 사람이

도시 성문은 굳게 닫혀 걸렸고 문밖에는 사람이

내 친구들은 모두 가난합니다

이 가난에 대해 생각해보세요

이건 곧 당신의 일이 될 거랍니다

이 땅에는 충격이 필요합니다

내 친구들은 모두 가난합니다

이 가난에 대해 생각해보세요

이건 곧 당신의 일이 될 거랍니다

이 땅에는 충격이 필요합니다

우린 쓸모없는 사람들이 아니오

너희가 먹는 빵을 만드는 사람일 뿐

포도주를 담그고 그 찌꺼기를 먹을 뿐

내 자식을 굶겨 죽일 수는 없소

마녀가 나타났다

폭도가 나타났다

이단이 나타났다

늑대가 나타났다

—이랑 작사, 「늑대가 나타났다」

우리의 비겁함에 대하여 할 말이 있다.

우리는 이미 알고 있다, 우리가 어떤 존재인지. 우리의 비참한 처우가, 낮은 임금과 적은 인력 충원이 얼마나 환자에게 위험한지 알고 있다. 오래전부터 알고 있었다.

우리 직업의 존재 목적과 의의는 환자의 안전에 있다. 환자를 지키기 위해 하는 투쟁이 우리가 매일같이 하는 일이라면, 우리는 가장 먼저 인력을 충원해달라고 했어야 했다. 우리는 싸워야 했다. 이 인력으로는 환자를 안전하게 볼 수 없다고, 우리의 수가 모자라서 얼마나 위험한지 아냐고, 뛰쳐나와 목청 터지게 외치고 다녀야 했다. 그러나 그러지 않았다. 우리 역할이 어떤 것이고 얼마나 중요한 것인지 을러대고 다니지 않았다. 병원 협회며 의사 협회가 압박해올 때, 심지어 아무짝에도 쓸모없는 대한 간호협회가 혀를 끌끌 차고 다닐 때 우리는 우리 환자들을 위해 뛰어나와 으르렁거리지 않았다.

우리는 그만뒀다. 비켜섰다. 우리는 비겁했다. 우리가 비겁했기 때문에 환자들은 위험했다. 오랫동안 위험했다.

우리가 왜 이토록 비겁했는지에 대해서는 변명할 것이 몇 가지 있다.

우선, 태움에 대해 얘기해볼까. 나는 태움과 태움에 얽힌 편견에 대해 아주 유감스럽다. 나는 '태움 문화'라는 단어를 처음 듣고 나서 어떻게 거기에 문화라는 말을 갖다 붙일 수 있나 싶어 실소했다. 보통 직장 내 괴롭힘을 지칭할 때 문화라고 하는가. 괴롭힘은 학대고 범죄가 아니었나.

'계집애들끼리 서로 괴롭히다가 누구 죽었대.'

'여자 군대라더라. 진짜 군대보다 더하다더라. 피 말리도록 괴롭힌다더라.'

이런 말을 간호사들이 하는 업무가 정확히 무엇인지도 모르는 사람들에게 수없이 들었다. 대부분은 간호사가 하는 일이 그냥 상처에 거즈 붙이고 주사 놓는 것인 줄로 아는 분들이었다. 이들 중 일부의 감정이 어떤 것인지 안다. 기사마다 자극적인 제목으로 대중을 끌어당기는 것처럼, 간호사들은 종종 이목을 끄는 용도로 쓰인다. 팬데믹 때 간호사에게 삼계탕 뼈를 발라달라고 요구했다던 환자가 그런 역할로 쓰였고, 많은 기자가 내게 그런 것을 보여달라고 요구했다. 자신과 동떨어진 세계의 캣파이트Catfight*를 둘러싼 구경꾼들의 저열하고 내밀한 기쁨을 모르지 않는다. 그게 대중의 길티 플레저guilty pleasure**가 아니라고 말할 수 있나.

그러나 이것은 엄연한 직장 내 괴롭힘이다. 문제라면 회사, 즉 병원이 적극적으로 개입하지 않는 것이고, 그것이 간호사들의 무슨 독특한 문화라도 되는 양 이름 붙이고 속성으로 규정해버린 것이다. 이것을 문화와 속성으로 규정하면 거기 가려진 일들은 아무도 신경 쓰지 않는다. 가해자가 비정상이고 그 집단이 비정상이라며 욕하고 끝내버리면 그만이다. 가해자를 과녁으로 삼으면 병원은 비용 들이지 않고 해결할 수 있다.

그렇게 되기까지 어떤 인력 구조로 일했고, 왜 피해자가 보호받지 못했고, 어떤 점이 극도로 힘들었는지 아무도 신경 쓰지 않는다. 피해자는 쉽게 그만두고 떠난다. 심지어 죽었어도 그렇다. 일이 커지기 전에 병원으로부터 사직을 권유받거나 스스로 떠

* 여성들끼리 주로 물리적인 방법을 동원해 싸우는 것, 또는 이를 성적 기호로 삼는 페티시 장르.

** 죄책감을 느끼면서 즐기는 것.

나는 이도 많다. 문제의 초점은 제대로 된 교육제도와 기간 없이 도제식 교육에 일임하는 행태, 도무지 인간으로서 최소한의 관대함과 자비를 유지할 수 없게 만드는 끔찍한 업무량에 있다. 문제가 생겼을 때도 말할 수 없도록 압박하는 강력한 위계 서열 문화에 있다. 이 문제는 개선하기 위한 노력 없이는 반복될 수밖에 없다. 의외인 사실은, 신규 간호사들에게 그렇게 막돼먹을 수 없는 소위 '태우는' 선배 간호사 중에 환자에게 못되게 구는 사람은 거의 찾아보기 힘들다는 것이다. 심지어 뉴스에 나올 정도로 심각한 수준으로 신규 간호사들을 괴롭힌 사람 중 내가 알기로 신규보다 더 약자인 환자들을 대상으로 가해를 하는 사람은 없다. 오히려 환자를 강박적인 수준으로 살피고 돌보는 사람 중에 신규에게는 더욱 가혹한 사람이 많았다. 물론 예외가 있을 것이다. 그러나 지금까지 내가 보고 겪어온 것으로는 일이 버겁고 무거운 부서일수록, 폐쇄적인 부서일수록 괴롭힘은 더욱 악랄해진다.

만약 당신이 완전하고 깔끔한 인계를 받고, 버터처럼 부드럽게 모든 일이 술술 풀려나가고, 모든 인력이 숙련되어 있어도 일이 제시간에 끝날까 말까인 부서에서 일한다면 어떨까. 일은 신체적으로 녹초가 되도록 힘겹고, 매일 바뀌는 업무 스케줄로 신체 리듬이 망가져 피로와 통증 속에서 일해야만 한다. 그곳에서 배움이 느려 같은 것을 여러 번 설명해도 잊어버리는 프리셉티를 한 명

가르치면서 일해야 한다면, 그 프리셉티의 실수로 당신이 퇴근 후 늦게까지 남아서 보고서를 써야 하는 일이 자꾸 생긴다면 어떨까. 신규 간호사들을 가르쳐놓으면 그만두고, 또 가르치면 그만두기를 반복한다면 어떨까. 일이 서툴러 모든 업무가 얼기설기 엉킨, 제대로 끝마치지 못한 신규 간호사에게 인계를 받는 날이 사흘, 나흘 연속이라면 어떨까. 신규 간호사가 중요한 검사를 놓치고 인계를 주지 않고 퇴근해 당신이 연거푸 여기저기 불려다니며 사과를 하고 욕을 듣고 심지어 멱살을 잡힌다면, 이 일이 처음이 아니라면. 당신이 한 환자의 심폐소생술을 하는 사이 당신의 다른 환자를 도우려고 들어간 신규 간호사가 투약 사고를 내 교수가 달려 내려와 땀투성이인 당신에게 소리를 지른다면, 그 한 번의 투약 때문에 며칠간 환자의 혈당 검사를 화장실도 갈 수 없을 만큼 바쁜 와중에 한 시간 간격으로 계속해야 한다면 어떨까. 그 일을 하며 나를 원망할 간호사가 당신 선배들을 포함해 여럿이라면 당신의 기분은 어떨까. 환자의 혈압을 유지하는 매우 중요한 약물을 신규 간호사가 실수로 끊어버려 환자가 죽기 직전에 발견됐다면 어떨까. 이런 일들은 병원에서 매일 일어난다. 이런 일들은 신규 간호사만의 잘못이 아니다. 인력 충원에 인색하고, 제대로 된 트레이닝 기회를 주지 않고, 그 모든 책임을 모두 기존 직원에게 떠넘기며 모른 체해온 구조의 탓이다. 그러나 예루살렘의 아이히만처럼 오성으로 매일을 살아가는 사회 구성원 중 하나라면, 깊게 생각하지 않는 사람들이라면 쉽게 이것들의 책임을 오직 신규 간호사에게 돌린다. 겉으로는 정말 그들의 책임인 것처럼 보이기 때문이다. 그들의 실수는 마치 그들이 환자에게, 또 동료들에게 '가해'를 하는 것처럼 보이기 때문이다. 그래서 억눌리고 압축된 모든 고통을 그에게 투사한다. 이것은 병원이 고집스레 고수하는 보수적이고 폐쇄적인 문화와 더불어, 또한 묵인하는 관리자, 어쩌면 관리 부서와 더불어 악랄하고 잔혹해진다.

신규 간호사들은 병원의 가장 약한 고리라서 쉽게 희생양이 된다. 괴롭힘 이후에, 가해자는 직접 괴롭힘을 가한 선배 간호사의 '얼굴들'로만 특정된다. 오직 그들로만. 그렇게 병원은 책임을 외면한다. 문제가 될 때마다 쉽게 빠져나간다. 괴롭힘의 형태와 피해자의 고통 호소는 보도되지만, 그 부서가 어떤 인력 구조로 일했고, 얼마나 사직률이 높았고, 얼마나 많은 날 초과근무를 해야 하는 부서였는지, 관리자들은 얼마나 오랜 기간 알고도 묵인했는지는 보도되지 않는다.

이런 정도의 직장 내 괴롭힘이 굴지의 기업들에서 일어난 적이 많다. 그 괴롭힘에 육체적인 학대는 포함되지 않았다. 병원에서 어린 여자들이 이 악물며 견뎌나가던 괴롭힘이 그보다 못하진 않았을 것이다. 그런 사실이 빠르게 알려지고 기업 차원의 사과문이 올라오고 개선 노력은 몰라도 시늉은 하는 것을 보며 자꾸 우리가 떠올랐다. 간호사들의 직장 내 괴롭힘은 그저 '태움 문화'라고 불려 고용주의 역할은 쏙 빠져나간다. 얼마나 편안한가.

또 한 가지가 있다면, 우리의 다수가 여자라는 점일까.

간호사들의 태반은 여성이다. 특히 한국에서는 절대다수를 차지한다. 간호사는 현격한 여초 현상이 일어나는 거의 유일한 전문직이 아니던가. 사람들은 우리 직업의 이름만으로도 여성의 이미지를 연상하고, 여성의 이미지에서는 친절과 서비스를 떠올린다.

구병모 작가는 가장 남성적인 이름을 예명으로 쓰는 여성이다. 이 이름을 쓰고 나서 그는 등단했다. 이것을 누군가는 후천적 자궁적출술에 비유했는데, 자궁을 여성성의 상징으로 본다면 꽤 맞는 말이다. 그러나 간호사는 엄두도 못 낼 일이다. 몸으로 하는 일이라 눈에 성별이 보이니 자궁을 적출할 수가 없다. 직업인으로서 여성의 이름에 갇힌 우리는 편견에 발맞춰 단정하고 완벽하기를 요구받는다.

예전 부서장은 우리에게 요구하는 것이 많았다. 머리색은 어두운 갈색 혹은 검은색이어야 하고, 양말은 하얀색이어야 하며, 머리망에서 머리카락이 빠져나오는 걸 어떻게 할 수 없으면 핀을 꽂아, 라고 그가 내게 말했다. 우리는 발이 젖을 일이 많아 고무로 된 신발을 신었다. 처음에는 남색이었는데 우리 중 누가 검은색을 신었다는 이유로 거의 한 달을 매일같이 불려갔다. 그때 신청만 하면 나눠주는 신발의 목록에는 검은색 운동화가 있었다. "대체 그거랑 검은색 크록스가 다른 점이 뭐야." 그 애가 투덜거렸다. 그냥 맞춰줘, 귀찮잖아, 라고 나는 대답했다. "나는 외모로 일하는 게 아니야." 그 애가 말했다. 정답이었지만 병원은 늘 정답을 불편해했다.

귀걸이는 한쪽에 하나씩 해야 해, 누군가 그 이상을 하면 꼭 얘, 너 귀찌 빼, 라는 말이 돌아왔다. 곧 머리망은 없어졌다. 그러나 2022년에도 병원장은 식사를 하러 갔다 돌아오는 우리 후배를 따라 들어와 흰 양말을 신지 않았다며 지적했다. 피와 가래와 똥오줌이 튀는 부서에서 흰 양말을 신지 않았다면서. 나는 그가 그것을 남자 외과 의사들에게도 요구하는지 궁금하다. 우리가 태반이 젊은 여성으로 이루어진 간호사가 아니었다면 그가 우리에게 그것을 요구했을까.

이런 것들은 서비스의 일부로 취급되었다. 특히나 우리를 '미스 김'이나 '언니' '아가씨' 등으로 부르던 많은 사람에게서. 우리를 이런 호칭으로 부르는 사람은 노년기의 환자나 보호자들에 국한되지 않는다. 성 불평등이 더 심했던 시기에 젊은 시절을 보낸 환자들이 더 심한 경향이 있을 뿐, 의외로 전 연령층이 우리를 그렇게 부른다. 호칭에 그렇게 연연할 필요가 있겠냐마는, 우리를 이렇게 부르는 사람은 대부분 우리가 무슨 일을 하는지 잘 모른다. 주사 놓고 거즈 붙여주는 사람 정도로만 안다. 그럴 때 이 '고객님'들이 바라는 것은 곧장 서비스로 국한된다. 간호사에 대해서는 고객님들의 니즈가 없다. 돌봄의 경험과 우리가 제공하는 보호는 알지 못해서 보이지 않는다. 그래서 우리가 제공한 것들에 대한 경험은 천대받고, 간호사 또한 천대받는다. 누구도 간호사들의 경험과 교육을 기준으로 병원을 선택하지 않는다. 사립 병원들은 돈을 벌어야 하니까 고객이 원하는 대로 맞춘다. 환멸을 느낀 간호사들의 절반이 그만두어도 그게 얼마나 위험한지는 안 보이니까 괜찮다. 다시 충원하면 된다.

맞는 말이다. 우리를 고용한 조직은 우리 일이 중요하다고 생각하지 않는다. 하물며 우리 일은 성과가 수치화되지 않는다. 로봇 수술 700건, 이렇게 정리되지 않는다는 뜻이다. 그렇지만 컴플레인은 쉽게 들어온다. 저 아가씨가 말을 퉁명스럽게 했어.

이것뿐일까. 정량화되지 않는 성과와 노동은 모두 우리에게 넘어온다. 해도 공치사 받을 게 없는 일들은 우리가 담당한다.

병원에서 우리는 보이지 않는 손이다. 우리가 하는 일은 겉으로 보기에 아무것도 없다. 돈도 되지 않고 계산도 되지 않는다.

계산이 되어도 문제일 수 있겠다. 만약 정맥주사를 한 번 놓는 데 높은 수가가 매겨진다면 돈 벌어야 하는 사립 병원들은 냉큼 정맥주사를 자주 갈아야 하는 증거를 찾는 연구라도 진행해서 간호사들한테 자주 정맥주사를 잡으라고 할 것이다. 공공성이 없다는 것은 바로 이런 뜻이다.

눈에 안 보이는 일을 하는 간호사한테는 경계에 있는 일들이 자꾸 쌓여간다. 환자에게 할애할 시간을 쪼개 처치와 물품 가격을 넣는다. 중심정맥관이 있는 환자는 프리필드 시린지* 네 개, 프레조폴을 쓰는 환자는 미니볼륨 라인** 하루에 두 개, 이런 것들을 외워뒀다가 전산에 넣는다. 동의서 이름을 외워뒀다가 챙겨 출력하고 받고 스캔하고, 사람 없으면 환자도 좀 옮기고, 환자의 중증도를 계산하고, 어딘가 쓰레기통에 던져져 있을 몇백 원짜리 물건을 몇십 분씩 세고 또 센다. 소독을 하고 인턴이 안 오면 동맥 검체도 채취하고, 처방이 안 나면 처방도 낸다. 물론 불법이니까 어디 가서 말은 못 한다. 의사나 환자가 화를 내면 그것도 받아준다. 때리면 맞는다. 아픈 환자잖아, 네가 이해해.

무슨 사고가 나면 다 간호사 일이 된다. 보조 인력이 체위 변

* 멸균 생리식염수가 채워진 주사기. 건강보험 비급여 항목이었다가 중심정맥관을 가진 환자에 한해 4개까지 급여로 변경됨.

** 볼륨이 적게 들어가는 수액줄. 비급여 항목.

경을 하다가 배액관을 뺐다. 그러면 다음부터는 간호사가 해. 방사선사가 엑스레이를 찍다가 인공기도가 빠졌다. 그럼 다음부터 꼭 간호사가 같이 들어가서 찍어. 의사가 가이드와이어를 안 뺐다. 그럼 간호사가 세. 근접오류라 불리는 사실상의 시말서도 간호사가 쓴다. 이다음부터는 기록 서식이 생겨서 의사가 중심정맥관을 넣으면 가이드와이어를 제거했는지 하나하나 쓰레기통 뒤져가며 세어서 기록한다. 책임을 물을 때 우리는 비로소 영문도 모르고 전문직이 된다.

환자가 급하게 CT나 MRI를 찍어야 하면 우리는 처방을 받고 동의서를 챙겼다. 대기는 응급이 아니면 길었다. 특히 주말이나 공휴일에 더 그랬는데, '꼭 찍어야 한다'는 압박이라도 받으면 우리는 속이 탔다. 그런 영상검사를 검사실에 독촉하는 권한은 의사에게만 있었다. 그러나 주말 내내 결국 찍지 못하면 어떤 레지던트는 전화해서 따졌다.

"그래서요? 이 환자, 선생님 환자 아니에요? 담당 간호사 아니에요? 그냥 안 된다고 하면 다예요?"

하지만 우리는 권한이 없었다. CT나 MRI 말고도 이런 일은 많다.

환자의 치료 계획은 공유받지 못한다. 우리가 알아서 전산을 보고 파악해야 하므로, 누구도 전산에 기록해두지 않았다면, 주치의와 레지던트가 설명해주지 않았다면 알 수 없다. 하지만 갑자기 검사 처방이 나고, 검사실에서 독촉 전화가 오고, 당직 시간으로 넘어가 레지던트는 전화를 안 받고, 동의서는 없고, 보호자는 모르는 상황이 발생하곤 한다. 그러면 우리는 의중을 추측해 알아차리고 입안의 혀처럼 움직이는 역할까지 도맡는다. 다른 보호자에게 조심스럽게 전화해 설명을 들었는지 의중을 떠본다거나, 같은 교수의 환자를 담당하는 저연차 레지던트를 찾는다거나.

역할은 끝없이 늘어난다. 의료법상 간호사의 역할을 '의사, 치과 의사, 한의사의 감독하에 시행하는 진료의 보조'로 한정해 놓는다. 하지만 간호사에게 심장 초음파를 시키고, 그걸 간호사가 불법으로 단독 시행했다며 의사 모씨가 고소해서 그다음부터는 간호사가 심장 초음파를 하는 동안 인턴이 환자 병실 앞에 의자를 갖다놓고 앉아 휴대전화를 만지작거리는 일이 벌어진다. 법에 따르면 우리가 하는 것은 모두 불법인데, 누군가의 편의에 따라서는 간호사들이 그 중요하다는 처방까지 낸다. 처방권을 침해한다. 침해하기를 강요당한다. 그러지 않으면 환자가 방치되기 때문이다. 그래서 병원에서 오랫동안 '불법' 의료 행위로 레지던트의 일을 대체해온 NP(전문 간호사Nurse Practioner)와 PA(의사 보조원Physician Assistant)들은 용기를 내서 가면 쓰고 나와 인터뷰를 한다. 그 인터뷰들은 무력하다. 아무도 보지 않기 때문이다. 관심도 없기 때문이다.

권한과 의무는 계속해서 부딪친다. 우리가 매 순간 마주하는 것들은 이중 잣대다.

그러나 침묵한다, 우리는. 아마도 몇 가지 이유가 있을 것이다.

'간호사는 면허만 있으면 평생 직업이다.'

이 이유로 간호대학에 입학한 사람의 비중을 통계 낸다면 얼마나 될까? 추정컨대 적게 잡아도 반은 넘을 것이다. 소질이나 적성이 아니라, 어떤 야망이 아니라, 직장이 안정적이라는 이유로 미래를 선택하는 경향은 우리 세대의 두드러진 특징이지만, 대부분이 그 이유로 이 직업에 진입한다는 점은 간호사들의 안전지향적 태도를 얼마간 설명해줄지 모른다. 싸우느니, 이 모든 걸 뜯어고치느니 나와 가족의 안전을 위해 그만두는 사람들. 다치고 상처 입은 채로 떠나는 사람들. 그렇게 모두 빠져나간다. 단단하고 강력했던 선배도, 별처럼 빛나던 선배도 떠나버린다. 그렇게 하나둘 떠나서 우리에게는 존경할 만한 선배가 없다. 임상에는 모두의 본보기가 되는 선배가 없다. 부당함에 목소리를 냈던 사람들은 쓸려나갔거나, 상한 몸을 이끌고 조용히 떠나갔다.

이렇게 우리는 언어를 잃었다. 우리만의 언어를 가졌던 적이 없다. 어디에도 주체적인 캐릭터로 등장하지 않는다. 이따금 말은 했으나 그게 받아들여질 만한 형태였던 적은 없다. 표현할 말이 없으니 서로 모여 고통만 늘어놓는 게 간호사들이 하는 대화다. 태반은 의학 용어와 뒤섞여 누구에게도 이해받지 못한다.

우리는 영화나 드라마 따위에서 서로 모여 환자들의 개인 정보를 누설하고 응급 상황에 거치적거리며 민폐를 끼치고 주인공인 의사를 짝사랑하는 역할로 나올 뿐이다. 우리가 임상에서 하는 역할 중 많은 부분을 극에서는 우리가 하지 않는다. 주인공을 빛나게 하고자 의도적으로 낮잡아 만들어진 이미지만 계속해서 확대 재생산된다. 이런 이미지들에 대해 항의하면 대한간호협회는 말한다. '그렇게 해서라도 우리가 매스미디어에 노출되면 좋은 일 아니겠어요.'

이 직업에 발을 들여놓기 전까지, 심지어 대학을 다닐 때조차 이런 일들에 대해 잘 알지 못한다. 졸업 후 임상에 들어오고 나서야 생각한다. 고작 이렇게 되려고 여태 그 많은 구덩이를 견뎠을까. 이 생각을 누구나 해서 간호사들은 말없이 그만둔다.

간호사들이 파업을 하겠다며 들썩거렸던 적이 있다. 2021년이었고, 보건의료노동조합에 속한 130개 병원이 참여했다. 이 파업은 예고에 그쳤다.

목적은 임금 인상이 아니었다. 간호사들이 원했던 것은 그런

게 아니었다.

간호사들이 요구한 것은 인력 충원이었고, 공공 병상 확보였다. 환자 대 간호사 비율을 확충해달라. 그 요구를 피력하기 위해 욕먹을 각오를 하고 정부와 합의를 시도했지만 중도에 멈췄다. 정부가 제시한 것은 간호등급제를 변형해 적용하겠다는 것이었고, 그마저 얼마나 걸릴지, 유명무실한 간호등급제를 어떤 식으로 강화하겠다는 것인지는 불분명했다. 그런 허망한 약속으로도 파업은 무산되었다. 간호사들은 쉽게 물러난다. 단순히 협상에서만이 아니라 이 직업에서. 그러나 이 물러남이 얼마나 위험한 것인지는 말하지 않는다. 그들이 무력하게 물러나서 환자들이 얼마나 위험해지고 누구나 그 환자가 될 수 있다는 것에 대해서는.

중환자실에서 경력을 쌓으며 더 이상 이렇게는 안 되겠다고 어렴풋이 느꼈을 때, 나는 건강권 실현을 위한 행동하는 간호사회(이하 행동하는 간호사회)에 들어갔다. 박선욱 간호사가 사망했을 때, 가장 드세게 목소리 높이던 조직이지만, 전국의 수많은 간호사 숫자에 비하면 한 줌밖에 안 되는 조그마한 조직이다. 뭔가를 해야 된다고 생각했으나 아무것도 못 했다. 들어간 지 1년이 다 되도록 아무것도 못 했다. 일상이 지치도록 바빠 파묻혀서 아무것도 할 수 없었다. 그리고 2020년이 되었다. 우리가 외면했던 인력 문제로 정말로 내 눈앞에서 사람이 죽던 때가 왔다. 그걸 눈뜨고 견딜 수가 없었다.

2020년부터 2022년까지 나는 행동하는 간호사회 운영위원으로 수십 번의 인터뷰에 노출됐다. 사건이 터질 때마다 밤새워 성명서를 쓰고 수정해 배포했다. 행동하는 간호사회는 그사이 보건의료단체연합에 들어갔다. 매일 칼끝같이 긴장해서 살았다. 아무래도 나는 말을 잘하는 편이 아니라 인터뷰 전날이면 잠들기 전까지 대본을 써서 달달 외웠다. 자다가도 인터뷰 중 말이 꼬여 무너지는 꿈을 꾸고 놀라서 깼다.

그 2년 동안 내 직장의 노동조합에서 대의원을 했다. 2020년에 시작해 2022년 초에 내려놓았다. 대의원은 해당 부서의 의견을 대변한다. 보통은 대의원대회에 참가해 투표를 한다. 간호사 대의원의 태반은 그것만으로도 벅차다.

그 시기에 코로나가 창궐했다. 병원에서는 코로나 팬데믹이 있을 때마다 감염 병동을 임시로 늘렸다가 환자가 줄면 닫았다. 인력은 충원하지 않았다. 오미크론 팬데믹에서는 중환자실을 새로 하나 열었으나, 중환자실 간호사는 한 명도 충원하지 않았다. 팬데믹이 끝나면 인건비를 감당할 수 없다는 것이 이유였다.

인력을 보내기 위해 중환자실들은 병상을 닫았다. 하지만 코로나 감염자가 아닌 중환자도 매일같이 쏟아지니 다 닫을 방법은 없었다. 이에 신생아 중환자실 간호사들까지 차출되어갔다. 물론 그들은 생전 보지도 못한 성인의, 노년기의 감염된 폐를 보고 아연해졌을 것이다.

우리 부서에서는 간호사들을 차출해 코로나 병동으로 보냈다. 순서 같은 것은 없었다. 납득할 이유 같은 것도 없다. 그냥 병상을 닫고, 순서를 무작위로 정해서 보냈다. 지원자를 우선으로 보내달라고 했지만 그런 것은 의미가 없었다. 내 후배, 동기, 선배들이 나갔다. 부당한 대우마다 건건이 끼어들어 철석같이 들러붙어야 했다. 이런 일에는 노동조합밖에 끼어들지 않아서, 물에 빠진 사람처럼 매달려야 했다. 그나마도 노동조합 가입률이 낮은 병동은 더욱 견디기 어려운 시절이었다.

이상한 일이 많았다. 부당한 일은 수없이 많았다. 그런 일은 억울하나 일반적인 것이 되어버렸다. 모두가 그런 일을 겪으면 정상이 돼버린다. 이때는 항의하면 오히려 항의한 쪽이 경멸을 받는다.

그러나 내 후배라서, 내 동기와 선배라서 참지 못하고 밥 먹듯이 뛰어나가야 했다.

자전거를 타는 것 같았다. 넘어질 것 같으면 넘어지려는 방향으로 가야 한다. 그러나 그때는, 한 줌짜리 행동하는 간호사회 외에는 아무도 같이 가주지 않았다.

아무리 억울한 일을 당했어도 간호사들은 익명으로 남기를 원했다. 인터뷰를 권했을 때 모두 난색을 표했다. 그 경험에 대해서 내가 대신 말할 때조차 그들의 이름은 익명이어야만 한다고 요구받았다.

수천 명의 간호사가 대한간호협회의 무능에 대해 말을 많이 했다. 그러나 막상 행동하는 간호사회에서 집회를 열면 오지 않았다.

매일의 일상에서도 마찬가지였다. 인계하고 물품 세는 시간에 대해 추가 근무 수당 신청을 하자고 했을 때도 그랬고, 노동조합에서 인계 시간과 휴게 시간 확보 운동을 할 때도 그랬다. 후배들을 괴롭히는 선배에 대해, 신규들에게 몰린 업무를 분담하거나 필요 없는 일을 줄이고 트레이닝 기간을 경력으로 인정받는 것에 대해 목소리를 내자고 했을 때도 마찬가지였다.

모두의 책임인 일이 간호사의 책임이 되어버리는 것에 대하여 다들 침묵했다.

필사적으로 그들을 이해해야 했다. 아무리 호소해도 움직이지 않는 소극성이 어디서 왔는지 알아야 했다. 선후배와 동기들의 두려움을 이해하고 싶었다.

어디서 큰소리가 나면 자기 일처럼 달려오고, 내가 울면 같이 울던 그들을 미워할 수는 없었기 때문이다. 나를 걱정하고 슬퍼하던 그들이 정작 스스로를, 후배들을 구하고 밥을 먹이고 지키는 일에는 침묵하는 이유를 알아야 했다. 그들은 마녀도 폭도도 이단도 늑대도 될 수 없기 때문이다.

이제 언니들 다수가 엄마다. 자랑스러운 딸이고 집안의 가장 견고한 기둥이다. 아무리 부당한 일을 당하고 지쳐도 자식들 키우고 먹여야 해서 입술을 질근거리며 참는 사람들이다. 무엇이라도 괴로움을 더 수월하게 참을 수만 있다면 괜찮다. 스스로를 속이는 것도 할 수 있다. 엄마들은 그렇게 한다.

내 친구들 중 남아 있는 이들은 목표가 있고 야망이 있다. 욕심 있는 여자는 늘 대가를 지불해야 한다고 생각한다. 우리는 누구나 뛰어나면 오만하고 사회성 없는 것으로, 주장하면 시끄러운 것으로, 항의하면 이기적인 사람으로 몰린 여자들을 알고 있다. 그들은 족히 한 마을을 이루고도 남을 숫자다. 그들은 야망의 대가로 부당한 대우를 기꺼이 받는다.

또 다른 친구는 젖은 낙엽처럼 지쳤다. 어차피 바뀌지 않을 거야. 괜한 일에 힘 빼지 마. 그가 말했다. 용기는 에너지가 드는 일이고 버거운 에너지를 쥐어짜려면 당장 내일 출근할 용기도 남지 않는걸.

내 후배들은 어리고 약하다. 완벽하지 않으면 모두 잘못이 된다. 사람 사이에 일어난 일들은 대개 한 사람 탓만이 아니다. 그러나 거기 신규 간호사의 잘못이 조금이라도 있으면 그는 공격 대상이 된다. 정글 같은 이곳에서는 모두가 가장 약한 고리를 공격한다. 그러면 공격당한 이는 다 자기 탓으로 여긴다. 부당하게 받은 비난이 억울해 잠을 못 자도 그걸 입 밖에 꺼내는 즉시 조리돌림당할 걱정에 빨갛게 물든 눈으로 침묵한다.

늑대는 나다. 우리다. 박선욱 간호사가 자살하자 전면에 뛰어든 행동하는 간호사회고, 몇 번씩 파행과 재개를 겪으며 폭탄 제거반처럼 실마리를 잡아당기던 노동조합이다. 코로나 병동에서 어리둥절해하면서 보호구도 제대로 없이 밀려들어가던, 교대해 줄 사람이 없어서 나오지도 못하던 간호사들에 대해서 말하던 우리다.

2020년이 지나고 어느 출근길 엘리베이터에서 한 동기가 말했다. 이 병원에 언니 모르는 사람이 어디 있어? 당연히 대부분은 나를 모르지. 직원이 몇천 명인 병원에서 한 부서의 간호사로, 책임간호사일 때도 전화기 너머의 목소리로만 존재하는 사람. 그래서 후배의 그 말은 과장이다. 그러나 어쨌건 나를 아는 사람은 점점 늘었다. 나는 그게 몸서리쳐지게 싫었다. 인사팀에 들어서면 내가 모르는 사람들이 내 이름을 부르며 인사했다. 내 가족이 입원하면 내가 모르는 사람이 병문안을 와 인사를 하고 갔다고 전해 들었다. 엘리베이터에서, 병원 맞은편 건널목에서 모르는 사람이 내 이름을 부르며 인사했다. 나는 병원에 들어설 때마다 신경이 곤두섰다. 난 집에서 책 보고 냉동실에 아이스크림 쟁여두고 아무 약속 없고 아무도 나를 모르면 제일 행복한데……. 익명성을 잃어간다는 것이 그토록 나를 조여오는 것인지 몰랐다.

코로나 한복판에서 착취당하는 우리와 죽어가는 환자에 대해 말한 것으로, 격리병동에 갇혀 매일 전신이 너덜너덜해지도록 착취당하는 사람들을 위해 글 쓰고 인터뷰한 것으로, 전공의가 나를 밀친 것을 병원에 신고해도 반년 넘도록 방치당해서 검찰청에 고소장을 접수한 것으로, 후배를 때린 선배를 신고한 것으로, 법정 휴게 시간을 부여해달라고 요구한 것으로, 인계 시간과 물품 세는 시간을 근무라고 주장한 것으로, 수습 기간을 근무 기간으로 인정해달라고 요구한 것으로, 나는 늑대가 되었다. 파업도 없이, 화염병도 플래카드도 없이, 이런 아무것도 아닌 일로도 요주의 인물이 된다.

나는 아무것도 아니다. 선배, 동기, 후배들보다 똑똑하지도 잘나지도 않았다. 나는 그저 지킬 것이 없었다. 또 내가 둥지를 튼 곳의 언니 동생들이 좋았다. 미련 한 점 없이 떠나는 언니들을 보면서 그 빛나는 다정들을 놓치는 게 아까웠다. 그냥 그렇게 생각했을 뿐이다. 그래서 한 일이 나를 자꾸 눈에 띄게 만들었다. 글 쓰고 말하고 그렇게 행동하는 간호사가 없어서.

그러고 나는 내 안온함을 대가로 치렀다. 나는 깨달았다. 이제 내가 아무리 노력한들 내 둥지는 편안할 수 없다는 것을. 그래서 내친김에 방패 노릇을 해야 했다. 이곳에 과녁이 될 늑대는 한 마리면 되니까.

힘들었다. 판단하지 않는다. 인간이 선한 존재라고 믿지 않는다. 애초에 인간이 어떤 존재로 태어났다고 정의하지 않는다. 그렇게 생각하려 해도 아무도 편들어주지 않으면 힘들었다. 어떻게 타고났건 어떤 악조건이건 간에 사람은 더 선한 선택, 더 나은 선택을 하기 위해 노력할 수 있는 존재임을 믿었고 그렇게 되려고 했다. 하지만 다들 그 노력의 속도가 나와 같지는 않아서 힘들었다.

내가 떠나던 날 양가감정에 시달렸다. 후배들이 사탕 봉투며 엽서를 전해줄 때, 굳이 병동을 한 바퀴를 돌아 나를 찾아 인사하러 올 때, 나를 좋아하는 것이 느껴지면 기쁘고 고맙다가도 그들이 나를 몰랐으면 했다. 나에 대해 더 알면 나를 좋아할 수 없을 것 같았다. 내가 아무 흔적 없이 잊히기를 바라다가도 잊지 말기를 바랐다. 만만하고 순한 사람들에게 조직이 얼마나 가혹한지, 우리가 싸움을 내려놓는 순간 고무줄처럼 순식간에 어디까지 후퇴할 수 있는지 알아서 그 애들이 더 단단하고 못돼지기를 바랐고 그렇지만 서로에게는 더 다정하기를 바랐다. 그 다정이 나를 여태까지 지탱한 유일하고 단단한 실체였기 때문이다.

이만하면 해줄 만큼 해줬다 싶어 섭섭지 않다가도 해준 게 없어 미안했다. 내가 좋은 사람이어야 하는 게 아니라, 좋은 사람이 아니어도 기댈 수 있는 체계를 만들어야 했다. 내가 해줄 수 없었던 것이 그것이다.

책임간호사나 선배가 챙겨주지 않아도 밥 먹고 물 마실 수 있고 선배가 관대하지 않아도 실수 때문에 비난받지 않아야 한다. 설령 괴롭힘을 당하면 공식적인 문제 제기를 할 때 두려움 없이 할 수 있어야 한다.

위험한 인력 구조를 방치하게 해서는 안 된다. 충원을 요구해야 한다. 강력한 처벌 조항을 가진 간호사 대 환자 비율 법안을, 간호인력인권법을 통과시켜야 한다. 공공 병원을 더 세워야 하고, 안전하게 교육받을 권리를 요구해야 한다. 그렇지만 그걸 위한 싸움은 느리고 지난했다. 우리끼리만 하는 것은 불가능에 가깝다. 한 줌짜리 행동하는 간호사회가 아무리 발버둥쳐도, 어쨌든 사측과 '협약'을 맺으며 나아가야 하는 노동조합이 아무리 애를 써도, 우리 모두가 움직이지 않는 한 어쩔 수 없이.

그러나 당장 내가 참고 달려 그날의 신규들 일찍 퇴근시키고 밥 먹이는 건 할 수 있을 것 같았다. 그걸 매일 하다가 나는 바닥까지 소진되어갔다. 그러고 이제는 떠난다. 떠나기 전달 나는 체중이 43킬로그램까지 줄었다. 입사 전보다 12킬로그램이 줄어든 무게였다. 입사 후 나를 거쳐갔거나 영원히 남게 될 질병은 결막염과 메니에르병, 위염과 십이지장궤양, 불면증과 우울증, 드퀘르벵 건초염과 족저근막염이다. 이런 걸 내 후배들에게도 줄 수는 없었다. 그렇지만 애를 써도 후배들은 허리를 다쳤다. 방광염에 걸렸고 수면제 없이는 한숨도 자지 못하는 불면증에 시달렸다.

언젠가는 변할 것을 안다. 늑대들이 나타났다 사라질 것이고, 수많은 간호사가 다칠 것이고, 그들이 아프고 다친 것은 일하다 다친 것으로 인정받지 못할 것이다. 무슨 대기근의 영아 사망률처럼 얼마 되지도 않는 신규 간호사들이 그만둘 것이다. 그러지 않길 간절히 바라지만 모든 것이 늘 그래왔듯 유야무야되다보면 또 누군가 죽을 것이다. 그 죽음에 늘 그래왔듯 아무도 관심을 보이지 않을 것이다.

그러나 언제까지나 이러진 않을 것이다. 변할 것을 안다. 내가 살면서 가장 크게 절망하고 가장 많이 다쳤던 곳, 그럼에도 삶에 다시없을 만큼 사랑한 내 부서와 내편들. 내가 밥 먹었는지 지쳤는지 잠을 잤는지 걱정돼서 발 동동 구르던 내 동료들이, 풍파를 헤치며 어렵게 자라온 우리의 숲. 그곳의 내 시스터후드가 온전하길 바라며 다치지 않기를 바라서, 기우제를 지내는 심정으로 그 변화가 어서 빨리 벼락처럼 들이닥치길 바랄 뿐이다.

문을 닫으며

그럼에도 불구하고

병원에 입사하고 글은 거의 쓰지 않았다. 글은 돌아보는 과정이다. 내 삶을 거리를 두고 조망하는 과정이다. 내 현실은 그때 피부에 척척하게 들러붙어 거리를 두고 바라볼 수 없었다. 나는 다른 곳을 쳐다봐야 했다. 출구라고 생각되는 곳을 보며 정처없이 걸었고 멀게 느껴지면 곧잘 한눈을 팔았다. 나를, 무엇을, 본질을 마주봤다면 뒤를 돌아보는 오디세우스처럼 거기에 먹혀버렸을 것이다. 긴 터널을 지나와, 나는 지금 돌아본다. 어둠 속에 묻힌 어떤 날들은 흐릿하게 뭉개졌고, 어떤 것은 날카로우나 내게 둔중한 통증만 남겼다.

그 시간들이 지나고 내가 여기에 쓴 것은 7년 가까이 되는 시간을 한 병원 한 부서에서, 신규 간호사에서 책임간호사가 되기까지 일한 기록이다. 나는 지난날의 죽음과 고통에 대해서 썼다. 슬픔과 지난한 싸움에 대해서 썼다.

나에 대한 미움에 대해서 썼다. 병원에 간호사로 입사한 후 나는 나를 끔찍하게 미워했다.

이유를 알아도 정당화되지 않는 미흡함. 모자란 사람으로서 멀쩡한 척 연기하기 위해 몸부림쳐온 세월은 변하지 않는다. 아니, 나를 사랑한다. 밑바닥에서 악전고투해온, 실망 속에서도 살아온 서툴고 부끄러운 몸짓들을 동정한다. 그러나 누구에게 내놓아도 단 한 번도 자랑스러운 적 없는, 그럴 수 없는 수치스러운 나를 온전히 사랑하기는 어렵다.

그러나 내 동료들은 사랑한다. 내게는 사랑만큼 부끄럽고 희귀한 단어가 없는데, 그럼에도 불구하고 내가 사랑을 말할 때 전혀 얼굴 빨개지지 않는 사람들. 죽도록 바빠도, 아무리 힘들어도, 그래도 풀풀 풍겨나오는 다정, 인내와 강인함, 심지어 무력감과 패배주의까지 다 포함해서 많이 사랑했다. 내 뒤에, 앞에 선 사람들을 위해 무릎 꿇었고 소리쳤고 울기도 했다. 떠나서도 그 기억 위에서 살아갈 것이다.

내 삶의 '그래도'들을 사랑해서, 그럼에도 불구하고 행복했다.

지나온 기억을 돌아보는 시각은 미래를 보는 시각을 반영한다고 했다. 미래의 여자아이들을 위해, 그 아이들이 행복하기를 바라며 썼다.

두렵고 고통스럽고 외로운 여자아이들을 위해 썼다. 또 도망친 아이들을, 도망침으로써 스스로를 구한 아이들을 위해 썼다. 그 애들의 위태로웠던 날들을 위로하기 위해 썼다.

그 절실하고 필사적인 몸짓과 힘든 하루하루가 쌓이며 단단히 다져지는 다정 위에 쓴다.

우리는 보잘것없으나 영웅적이고, 비참하나 단단하고, 괴로운 순간에도 다정하다. 그래서 우리는 강력하다.

떠나며, 이 기억을 여기에 남기고 문을 닫는다.

병동에 남기고 온 편지

지나온 모든 날 갖은 형태의 사랑을 다 받고, 주고 싶었던 마음은 가닿지도 못한 게 많아요. 언젠가 떠날 걸 생각해 부지런했어야 했는데 핑계가 많았습니다.

저는 여기서 선후배, 동기님들과 보낸 시간이 가장 좋았어요. 소중한 여러분께 부끄럽지 않기 위해 혼자였다면 결코 낼 수 없었을 용기를 내고, 한 번도 해본 적 없던 포기를 하고, 지킬 것이 있어서 물러설 수 없는 싸움을 했습니다. 비록 힘들었지만 제가 제 삶에서 가장 강했던 시절을 여러분 덕에 보냈습니다.

힘들었던 시절, 저를 사랑하기보다 여러분을 사랑하는 게 훨씬 더 쉬웠습니다. 낭떠러지에 선 날들에 내 마음보다 여러 분 마음을 생각하며 지낸 날이 많았습니다. 제가 마땅히 그럴 만했던, 저의 자랑인 여러분. 부디 내내 행복하시고 새로 자라나는 후배님들 또한 행복하도록 도와주십시오. 세상에 기댈 곳은 서로밖에 없으니 우리 서로 관대해지기로 해요.

바쁜 날에도 밥 챙겨 드시고 제가 도울 게 있으면 주저없이 알려주세요. 때때로 안부 전합시다.

따스하고 평안한 날만 많기를, 가끔 힘든 날도 견딜 만하기를 바라요. 고맙습니다.

김수련 올림

2022. 5

밑바닥에서

1판 1쇄 2023년 2월 10일
1판 4쇄 2024년 5월 24일

지은이 김수련
펴낸이 강성민
편집장 이은혜
마케팅 정민호 박치우 한민아 이민경 박진희 정유선 황승현
브랜딩 함유지 함근아 고보미 박민재 김희숙 박다솔 조다현 정승민 배진성
제작 강신은 김동욱 이순호

펴낸곳 (주)글항아리 | 출판등록 2009년 1월 19일 제406-2009-000002호

주소 10881 경기도 파주시 심학산로 10 3층
전자우편 bookpot@hanmail.net
전화번호 031-955-8869(마케팅) 031-941-5158(편집부)
팩스 031-941-5163

ISBN 979-11-6909-074-2 03810

KOSCAP 승인필

잘못된 책은 구입하신 서점에서 교환해드립니다.
기타 교환 문의 031-955-2661, 3580

www.geulhangari.com